Meike Haas

Finja im Tal der Feuerpferde

Arena

Weitere Bände in dieser Reihe:
Finja und das blaue Licht
Finja und das kalte Feuer

In neuer Rechtschreibung

1. Auflage 2008

Einband: Ludvik Glazer-Naudé
Initialen: Tanja Kischel
Gesamtherstellung: Westermann Druck Zwickau GmbH
ISBN 978-3-401-06241-9

www.arena-verlag.de

Inhalt

Der Kuss

Ulrich Höfer stand allein in seinem Wohnzimmer und sah aus, als würde er für ein Theaterstück proben.
»Bitte!«, flüsterte er eindringlich. »Alvaira, ich bitte dich!«
Er sprach in Richtung Wanduhr, als stünde dort ein lebender Mensch und nicht eine hölzerne Kiste. Er legte seine Hände flehend aneinander. Seine große Stirn zerknautschte sich in tausend Falten, in den wachen, jungenhaften Augen lag Verzweiflung: »Nur einmal!«

»Aber es ist gefährlich!«
Die Antwort aus dem Nichts schien Ulrich nicht im Mindesten zu überraschen. Auch die Stimme nicht, die sehr seltsam klang. Sie erinnerte an perlendes Wasser.
Ulrich trat einen Schritt näher an den Uhrenkasten heran. »Nur ganz kurz!«, hauchte er.

Es blieb still.

»Bitte!«

Plötzlich stand eine Frau in einer grauen Mönchskutte vor ihm. Ihre Hände lagen an der Kapuze der Kutte, die sie offenbar gerade eben abgestreift hatte. Lange hellblaue Haare, die unter der Kapuze verborgen gewesen sein mussten, stürzten nun wie ein Wasserfall am Rücken und an den Seiten herab und breiteten sich um die Frau.

Ulrich hielt den Atem an.

Das Gesicht der Frau war blass. Aber die Augen strahlten. Fein gezeichnete hellblaue Augenbrauen wölbten sich über ihnen. Die schmalen Nasenflügel zitterten, als sich der Mund – eher violett als rosa – öffnete: »Hier bin ich«, sagte die seltsam gurgelnde Stimme. Sie klang glücklich und unendlich liebevoll.

»Alvaira!«, flüsterte Ulrich ergriffen. Er nahm die Frau in seine Arme und küsste sie.

Es wurde ein kurzer Kuss. Denn Alvaira begann zu husten. Schrecklich zu husten. Ulrich gab sofort ihren Mund frei, doch Alvaira kam trotzdem nicht zu Atem.

»Was ist?«, fragte er besorgt.

»Ich . . .«, stieß Alvaira hervor, weiter kam sie nicht. Sie röchelte, rang nach Luft. »Die Kapuze . . .« Wieder brach sie in Husten aus. Ihr ganzer Körper wurde davon geschüttelt, sie konnte sich nicht mehr auf den Beinen halten und brach vor Ulrich zusammen.

Erschrocken kniete er sich nieder. »Die Kapuze, die Kapuze«, wie-

derholte er nervös und tastete unter Alvairas hellblauen Haaren danach. Alvaira keuchte.
Endlich hatte Ulrich die Kapuze gefunden. Er zog sie hoch, stopfte Haare darunter, zerrte sie über Alvairas Kopf. Augenblicklich war die märchenhafte Frau wieder verschwunden.
Nur das Röcheln war noch zu hören.
»Geht es jetzt besser?«, fragte Ulrich.
»Ja«, gurgelte die Stimme.
»Kannst du aufstehen?«
»Ich fürchte, nein.«
»Warte.« Ulrich beugte sich dorthin, wo er Alvaira zuletzt gesehen hatte. Er tastete nach ihrem Arm und legte ihn sich um den Hals, dann griff er um ihren Körper und hob sie hoch. »Ich lege dich aufs Sofa, dort kannst du dich ausruhen.«

Er hielt ihre Hand bis zum Abend und dann die ganze Nacht. Alvaira schlief, doch ihr Atem ging schwer und rasselnd. Ulrich lauschte ihm besorgt.
Es dauerte noch einen Tag, bis sie sich so weit erholt hatte, dass sie wieder aufstehen konnte. Ulrich stützte sie. »Schaffst du es?«
»Ja.« Das Gurgeln klang dunkel und traurig.
»Willst du schon gehen?«
»Ja«, antwortete Alvaira. »Ich muss. Man wird mich schon vermissen.« Sie griff nach Ulrichs Händen. »Alles wird sich ändern, Ulrich«, sagte sie dann. »Ich werde dafür sorgen, dass wir zusammen

sein können. Vielleicht wird es eine Weile dauern. Aber ich werde wiederkommen und du wirst mich sehen können.«

Ulrich spürte, wie sie ihm etwas in die Hand drückte.

»Das ist eine meiner Perlen. Ich habe sie selbst aus einem Wassertropfen geformt. Ich habe meine Zauberkraft hineinfließen lassen und das Licht meiner Seele. Durch diese Perle werde ich bei dir sein. Egal, wie lange wir getrennt sind.«

Die Hände lösten sich aus seinen. Ulrich spürte kurz Alvairas Lippen auf seinem Mund. Er hörte zwei leise Schritte. Dann war sie verschwunden.

1. Das Schmetterlingskind

Finja trat ins Freie und schob die Hand tief in ihre Umhängetasche. Ihre Fingerspitzen berührten etwas Kaltes, Hartes. Finja lächelte. Da war es, Sirill, das versteinerte Schmetterlingskind. Es steckte wirklich und wahrhaftig in ihrer Tasche. Finja blieb stehen, holte tief Luft und grinste in den klaren blauen Himmel. Sie schloss kurz die Augen und genoss die warmen Sonnenstrahlen. Dann schaute sie die Straße hinunter. Alles sah aus wie immer. Die friedlichen, behäbigen Fachwerkhäuser, das Kopfsteinpflaster, das grüne Kreuz der Apotheke an der Ecke. Ein ganz normaler Samstagvormittag in der Innenstadt von Almsbach an der Ott. Tauben spazierten über die Straße, flatterten hin und wieder zum Taubenhaus auf dem Römerturm, wo der kleine Zeiger der Turmuhr gemächlich auf die Elf zurückte. Finja fand das unglaublich.

Eigentlich müssten Blitze am Himmel zucken und Engelsstimmen über die Stadt brausen – oder irgendetwas in der Art. Diese friedliche Samstagmorgen-Stimmung passte jedenfalls überhaupt nicht.

Ein älterer Mann kam ihr vom Markt aus entgegen. Er trug einen Einkaufskorb, aus dem zwei Stangen Lauch hervorlugten, und nickte Finja freundlich zu.

Finja grinste zurück. Wenn du wüsstest, dachte sie und es kribbelte ihr im Nacken. Wenn du wüsstest, dann würdest du auf der Stelle in Ohnmacht fallen. Sie zog die steinerne Figur aus ihrer Tasche und betrachtete sie. Es war ein elfengleiches Wesen mit rosa-violetten Flügeln. Sie glitzerten ein bisschen. Der Körper schien aus purem Silber zu sein. Finja lief ein wohliger Schauder über den Rücken. Jetzt sah das Wesen noch aus wie eine etwas kitschige Figur, die man in einem Spielzeugladen kaufen konnte, aber nicht mehr lange! Das Schmetterlingskind würde erwachen. Es würde atmen und es würde fliegen . . .

Sie steckte die Figur wieder ein und marschierte los. Durch die Römerturmstraße zum kleinen Markt und dann rechts die Humboldtstraße entlang bis zur Bushaltestelle. Sie würde sich mit ihrer Freundin Kati treffen und dann Onkel Ulrich besuchen. Er war ihr Lieblingsonkel und litt an einer seltsamen psychischen Krankheit. Als Ulrich vor einem Jahr wegen Wahnvorstellungen ins psychiatrische Krankenhaus eingeliefert worden war, hatte keiner der Ärzte klären können, woran es lag. Fest stand, dass er immer verloren in die Ferne blickte und niemanden mehr erkannte. Aber Finja hatte es herausgefunden! Gemeinsam mit Kati, auf einer Reise in das fantastische Land Aramsi. Und das Heilmittel steckte in ihrer Umhängetasche: das versteinerte Schmetterlingskind Sirill. Ihr Onkel musste es nur berühren und würde erlöst werden. Ganz sicher.

Wieder schlangen sich Finjas Finger um die steinerne Figur. Sie war da. Sie löste sich nicht auf. Ganz fest drückte Finja zu, sodass sich die Spitzen der steinernen Flügel tief in ihre Handflächen bohrten. Der Schmerz war der untrügliche Beweis dafür, dass sie sich alles nicht nur eingebildet hatte.

Auf ihrem Gesicht lag jetzt ein verklärtes Lächeln. Sie war wirklich dort gewesen. In Aramsi . . .

Aramsi! Das war eine wunderschöne, fantastische Welt. Glitzernder Traumstaub wirbelte dort durch die Luft, es gab gefiederte Menschen, Feen, Gnome, Drachen, die seltsamsten Wesen, die man sich nur vorstellen konnte. Und alle trugen sie Zauberkleider . . .

Donggg! Jetzt war Finja tatsächlich gegen die Glaswand des Bushäuschens gelaufen. Sie rieb sich die Stirn. Im gleichen Moment hörte sie Gekicher. Auf der Wartebank saßen Britt und Sabrina und bogen sich vor Lachen. Ausgerechnet!

Wenn Finja auf dem Weg zu ihrem Onkel Ulrich jemandem nicht begegnen wollte, dann waren es diese beiden nervtötenden Ziegen. Sie gingen mit ihr in die 7 b des Humboldt-Gymnasiums. Das heißt, nicht mehr, denn die Sommerferien hatten schon begonnen und in fünf Wochen würden sie alle Achtklässlerinnen sein.

»Heute etwas geistesabwesend?«, spottete Britt und schüttelte ihre sorgsam geföhnten blonden Haare. »Ach, ich vergaß, bei dir ist das ja jeden Tag so.«

»In der ganzen Familie!«, fiel Sabrina glucksend ein. »Sie sind alle ein bisschen verrückt!«

Finja zuckte zusammen. Gegen dieses Wort war sie allergisch. »Niemand ist verrückt!«, fauchte sie und nahm die Hand von der Stirn, obwohl es dort noch immer pochte.

»So? Und was ist dann mit deinem feinen Onkel Ulrich? Warum ist der in der Klapse?«

»Das ist keine Klapse, das ist ein Heim für psychisch kranke Menschen! Und nur Idioten machen sich darüber lustig. Ganz abgesehen davon, dass er sowieso bald entlassen wird.«

Mit dem Handrücken schob Finja ihre Haare über die Schulter zurück und schaute Britt siegesgewiss in die Augen. Tiefe Zufriedenheit breitete sich in ihr aus. Heute Abend würde alles vorbei sein. Ulrich würde gesund sein und niemand würde sich mehr über ihn lustig machen dürfen.

»Sag mal, Britt«, drang Sabrinas Stimme an Finjas Ohr. »Hast du diesen Satz nicht schon mal gehört? Ungefähr vor drei Wochen?«

Finja biss sich auf die Lippen. Es stimmte, damals hatte sie das Gleiche behauptet. Einfach so, weil sie nicht gewusst hatte, wie sie gegen Britts und Sabrinas andauernde Spötteleien ankommen sollte.

»Wenn ihr Onkel so oft entlassen wird, wie Finja behauptet, dann muss er aber ganz schön oft auch wieder eingeliefert werden!«

Die nächste Lachsalve explodierte.

In Finja brannte die Wut. Dieses Mal stimmte es wirklich! »Ihr werdet schon sehen«, zischte sie.

Ein Bus hielt. Linie 4. Das war Finjas. Sie sah verstohlen zu Britt und Sabrina hinüber. Wussten die beiden, dass die Linie 4 in die Lindenallee fuhr? Und dass es dort ein Heim für psychisch Kranke gab? Was würden sie ihr hinterherrufen, wenn sie einstieg?

Egal! Sie würde sich von diesen dämlichen Tucken doch nicht daran hindern lassen, zu Ulrich zu fahren! Sie würde sich von denen nicht den wunderbarsten Tag ihres Lebens verderben lassen. Von wegen! Wieder schob sie ihre Hand tief in die Tasche und umklammerte die Figur. Es war, als ströme von dort Ruhe und Kraft in ihren Arm und verteile sich im ganzen Körper.

»Wartet´s nur ab!«, rief sie zu Britt und Sabrina hinüber. »An eurer Stelle würde ich schon mal ein bisschen Mathe lernen, vielleicht bekommen wir meinen Onkel ja im nächsten Schuljahr und dann hagelt es bei euch Sechser!« Sie sprang die Stufen hinauf und grinste.

Onkel Ulrich war Mathelehrer am Humboldt-Gymnasium. Gewesen.

Der Bus fuhr an und Finja sah mit Genugtuung, wie ihr Britt und Sabrina erschrocken hinterherschauten.

In der Lindenallee stand Kati schon an der Haltestelle und wartete. Finja sah durchs Busfenster, wie sie vor Ungeduld vom Fußballen auf die Zehenspitzen wippte und wieder zurück. Kati war hippelig. Immer. Stillzustehen war für sie ebenso schwierig, wie den Mund zu halten. Und heute schien es ihr ganz besonders schwerzufallen.

Kati drehte sich ihre hellblonden Strähnen um die Finger, sie lief dem Bus entgegen, stoppte, als sie ihn erreicht hatte, und sprang dann im Seitgalopp neben ihm her. Als er hielt, stand sie direkt vor Finjas Tür.

Kati war Finjas beste Freundin. Und sie war ein echter Hauptgewinn. Großzügig und treu, nie beleidigt und vor allem: für alle fantastischen Abenteuer zu haben. Früher – also, bevor Finja Aramsi entdeckt hatte und in diese unglaubliche Geschichte mit dem Schmetterlingskind hineingeraten war –

hatten sich Finja und Kati gemeinsam verwunschene Welten ausgedacht. In dem alten Ahornbaum im Schulhof hatten sie einen versteinerten Riesen gesehen, der nachts aufwachte und mit den Blumentöpfen Würfeln spielte. In jedem Spiegel vermuteten sie magische Fenster zu gut getarnten Zauberländern.

Jetzt, wo Finja tatsächlich eine fantastische Welt gefunden hatte, war Kati die Erste gewesen, die ihr ohne Wenn und Aber geglaubt hatte. Finja war unendlich froh gewesen, dass es jemanden gab, mit dem sie alles teilen konnte.

Als die Tür sich surrend öffnete, sah Finja, dass sich Katis Lippen aufgeregt bewegten. Die Freundin hatte mal wieder zu reden begonnen, bevor Finja überhaupt etwas hören konnte. Erst als die zwei alten Damen vor ihr ausgestiegen waren, drangen Katis Worte zu ihr.

»Ich verstehe einfach nicht, woher du jetzt die versteinerte Figur hast. Wie ist Sirill zu dir gekommen? Du musst mir alles ganz genau erzählen!«

Finja sprang die Stufen hinunter und blieb vor Kati stehen. »Hallo erst mal«, sagte sie lachend.

»Hallo«, antwortete Kati und kehrte dann sofort zum Thema zurück. »Also, wie jetzt? Als wir gestern nach Hause gegangen sind, da hattest du die Figur doch noch nicht. Oder?«

Gestern. Finja lief ein Schauder über den Rücken, als sie daran dachte, dass sie erst gestern von ihrer zweiten Reise nach

Aramsi zurückgekehrt waren. Sie und Kati. Nachdem sie den Drachen gezähmt hatten. Sie bekam eine Gänsehaut. Der Drache. Farmarall. Es gab ihn. Wirklich und wahrhaftig. Und sie war gestern auf ihm geritten ...

»Gestern hast du nur etwas von einer kalten Flamme gesagt, die dir der Drache geschenkt hat«, holte Katis Stimme sie aus ihren Gedanken zurück. »Aber eine steinerne Figur? Nein.«

»So war es ja auch. Und dann hat mir genau dieses kalte Feuer Sirill gebracht! Das ist ja das Besondere an den Flammen eines gezähmten Drachen. Sie bringen dir, was zu dir will. Und Sirill wollte zu mir.«

»Das verstehe ich nicht«, erwiderte Kati kopfschüttelnd. »Und zwar überhaupt nicht! Ich verstehe noch nicht einmal, wie du das kalte Feuer aus Aramsi mitgenommen hast! Ich meine, eine Flamme trägt man schließlich nicht einfach so in der Hosentasche mit sich herum.«

»Doch!« Finja grinste. Sie steckte die Hand in die Tasche ihrer Jeans und fühlte ein Kitzeln, wie ein leichter kalter Windhauch. Das war sie!

»Doch«, wiederholte sie lachend, »sie steckt in meiner Hosentasche!«

»Das ist echt unglaublich!«, staunte Kati.

»Es war so«, begann Finja zu erklären. »Farmarall spuckte Feuer und sagte: *Greif hinein und nimm dir eine Flamme.* Also habe ich in das kalte Feuer gegriffen. Einfach so. Als wäre das

kein Problem, sich eine Flamme mit der Hand zu nehmen.« Sie hielt kurz inne. Dann sah sie Kati mit gespielter Verzweiflung an. »Es *war* auch kein Problem. Gestern. In Aramsi. Es war irgendwie ganz normal, dass ich mir die Flamme nehmen konnte. Sie war ja klein, nicht größer als bei einem Streichholz. Und kalt. Es hat nicht wehgetan.« So weit war das Ganze noch irgendwie verständlich, fand Finja. »Und dann habe ich die Flamme in die Hosentasche gesteckt.«
»Aber das geht doch gar nicht. Die Flamme würde den Stoff verbrennen!«
»Nein, sie ist einfach darin, klein und kalt. Schau her!«
Finja griff nach dem kalten Kitzeln und zog ihre Hand aus der Tasche. Sie öffnete die Faust.

Eine eisblaue Flamme züngelte in die Höhe. Sie loderte zwischen den Gesichtern der beiden Mädchen empor bis weit über ihre Köpfe. Sekundenlang sahen sie nichts als gleißendes Licht. Dann fiel die Flamme in sich zusammen.

Stille. Finja grinste. Es passierte nicht oft, dass es ihrer Freundin Kati die Sprache verschlug. Finja genoss es mehr als jedes Wort der Bewunderung. Die Flamme war hoch, hell und echt gewesen! Das war ein noch viel beeindruckenderer Beweis für die Existenz Aramsis als das Schmetterlingskind.
Finja sah auf ihre Handfläche. Sie war leer.

»Heute will wohl nichts zu mir«, murmelte sie nachdenklich. Dann grinste sie und suchte Katis Blick. »Gestern Abend lag Sirill in meiner Hand, nachdem die Flamme wieder in sich zusammengefallen war. Du hättest mal meine Mutter sehen sollen! Sie hat es gesehen und wäre beinahe in Ohnmacht gefallen!«

»Sie glaubt dir jetzt also?«

Finja nickte. Lange Zeit hatten ihre Eltern alle Erzählungen über Aramsi als Hirngespinste abgetan. Das war furchtbar gewesen. Finja wurde es ganz schlecht, wenn sie an die besorgten Blicke dachte, die ihre Mutter ihr ständig zugeworfen hatte. Und diese behutsam prüfenden Fragen! Es war entsetzlich gewesen, von den eigenen Eltern nicht mehr ernst genommen zu werden. Aber seit gestern . . . Seit gestern war das wieder in Ordnung.

»Meine Eltern würden sich selbst von dem Drachenfeuer nicht überzeugen lassen«, brummte Kati. »Ich glaube, da würden sie sich eher selbst in die Psychiatrie einliefern.«

Finja musste lachen. Katis Eltern waren so furchtbar korrekt, dass sie sich gut vorstellen konnte, wie sie sich erst in Zwangsjacken schnürten, um dann selbstständig in die geschlossene Abteilung zu marschieren. »Fantasie« war für Katis Eltern ein Fremdwort – und »Träume« auch. Ihr höchstes Ziel war es, so normal zu erscheinen wie möglich.

Finjas Eltern waren ganz anders. Sie kümmerten sich nicht

darum, was andere von ihnen dachten. Und manchmal war das ganz schön peinlich. Zum Beispiel die Sache mit den zwei Wohnungen. Obwohl Finjas Eltern ein Paar waren, lebten sie nicht zusammen. Stattdessen hatten sie mitten in der Altstadt zwei übereinander liegende Wohnungen gemietet. Oben lebten Finja und ihr Vater. Unten wohnte Finjas Mutter – weil sie dort so viel Unordnung machen konnte, wie sie wollte.

Finja fand es furchtbar, immer erklären zu müssen, warum ihre Mutter nicht bei ihnen wohnte, aber davon abgesehen war sie ganz zufrieden mit ihren Eltern. Jetzt fehlte nur noch, dass Ulrich wieder gesund wurde. Dann wäre Finjas Familienleben perfekt.

Es ging ihr gar nicht so sehr darum, nicht mehr verspottet zu werden. Schon auch – aber nicht in erster Linie. Vielmehr ging es um Ulrich selbst. Er war ihr Lieblingsonkel. Das lag vielleicht daran, dass er selbst keine Kinder hatte. Er hatte immer Unmengen Zeit für Finja gehabt und war bei jedem Quatsch dabei gewesen. Als sie noch klein war, war er mit Finja unters Bett gekrochen, um nachzusehen, ob sich dort eine Zwergenfamilie angesiedelt hatte. Als sie dann schon zur Schule ging, hatte er ihr von seinen Urlaubsreisen echte Drachenzähne mitgebracht oder fleischfressende Pflanzen. Nach seinen Besuchen hatte Finjas Mutter regelmäßig den Kopf geschüttelt und gesagt: »Ulrich sollte eigene Kinder haben. Ich verstehe gar nicht, warum er immer noch alleine ist.«

Finja war das gerade recht. Ulrich war *ihr* Onkel und sie hatte keine Lust darauf, ihn mit jemandem zu teilen. Sie seufzte tief. Wie sie sich darauf freute, ihn wiederzuhaben! Sie freute sich auf seine lachenden Augen, auf seine lebendige Art, Geschichten zu erzählen, und am allermeisten freute sie sich darauf, mit Ulrich über Aramsi zu sprechen.

2. Der Brunnen

Finja war überzeugt davon, dass Ulrich Aramsi kannte. Schließlich war er vor etwa drei Wochen einmal aus der Starre seiner Krankheit erwacht. Das war, als Finja ihm von dem Schmetterlingswesen erzählt hatte, das sie jetzt versteinert in ihrer Umhängetasche trug.

Du hast Sirill gesehen?, hatte Ulrich damals gefragt und in seine stumpfen Augen war der lebendige Glanz von früher zurückgekehrt.

Aufgeregt hatte er gesagt: *Du musst Sirill folgen! Nur so kannst du beide Welten retten!* So hatte Finjas erste Reise nach Aramsi begonnen . . .

»Und wenn es nicht klappt?«

Katis Stimme schreckte Finja aus ihren Erinnerungen auf.

Verwirrt sah sie zu ihrer Freundin hinüber.
»Ich meine, wenn er durch die Berührung gar nicht erlöst wird?«
Finja wollte diese Frage nicht hören. Sie wollte nicht darüber nachdenken, was wäre, wenn.
Doch Kati ließ nicht locker: »Es könnte ja sein, dass wir uns das alles nur einbilden.«
Finja marschierte los. Sie ging die Lindenallee hinunter. Alte Jugendstilvillen versteckten sich in großen Gärten hinter hohen Mauern. In der Hausnummer 5 war das Heim untergebracht.
»Vielleicht ist er wirklich verrückt.«
Dieses Wort! Wie sie es hasste! Finja blieb stehen. »Er ist nicht verrückt!«, zischte sie ihrer Freundin mit drohendem Unterton zu. »Zähl doch mal zwei und zwei zusammen! Es gibt das schwarze Gewand, das wissen wir beide. Und wir wissen auch, welche Mächte es verleiht!«
»Natürlich weiß ich das«, antwortete Kati gereizt. Schließlich konnte es niemand besser wissen als sie. Sie war dem bösen Zauber des schwarzen Gewandes ja schon selbst zum Opfer gefallen. Es war eines der vielen aramsischen Zauberkleider. Und es verlieh dem, der es trug, eine schreckliche Macht: Er konnte mit bloßem Blick jedes aramsische Wesen versteinern.
Doch das war noch nicht alles: Wenn bei dieser Versteine-

rung ein Mensch zusah, dann erstarrte er mit. Geistig. Er konnte seine Gedanken nicht mehr von dem versteinerten Wesen lösen.
»Aber woher willst du wissen, dass dein Onkel zugeschaut hat, als Sirill versteinert wurde?«
»Das liegt doch auf der Hand! Ein einziges Mal hat er einen klaren Blick bekommen, und das war, als ich ihm von Sirill erzählt habe! Sie kannte er! Weil er immer noch in ihrem Anblick gefangen ist. Ist doch klar!«
»Na ja, ich meine ja nur, nachher bist du enttäuscht . . .«
Finja wurde richtig wütend. Wollte Kati ihr jetzt auch noch den Tag verderben? »Und warum ist die versteinerte Sirill dann in meiner Hand gelandet? Es heißt: *Das Drachenfeuer bringt, was zu dir will.* Sirill wollte also zu mir. Und dafür gibt es nur eine einzige einleuchtende Erklärung: Weil ich sie erlösen kann. Weil ich sie zu meinem Onkel bringe. Weil das versteinerte aramsische Wesen und der geistig gefangene Mensch dann befreit werden, wenn sie sich gegenseitig berühren.« Finja war am Gartentor angelangt. »Das solltest du eigentlich wissen!«
Mit viel zu viel Kraft drückte sie die Klinke hinunter und stolperte, weil sich das Tor so abrupt öffnete.

Finja sah ihren Onkel sofort. Er saß immer auf derselben Parkbank vor demselben Rosenbeet, in dessen Mitte ein klit-

zekleiner Brunnen stand: Sein Schacht war mit einem Holzdeckel verschlossen.
Finja blieb stehen. Sie sah die strubbeligen Haare, die im letzten Jahr weiß geworden waren, die weißen Bartstoppeln, die Wangen und Hals bedeckten. Aus dem Kragen lugte ein Lederband hervor. Finja wusste, dass ihr Onkel daran eine bonbongroße Perle trug, auch wenn sie jetzt unter dem Hemd versteckt war. Sie sei verzaubert, hatte Ulrich ihr früher erzählt, und bringe ihm Glück.
Vor der Versteinerung hat sie ihn jedenfalls nicht bewahrt, dachte Finja düster. Sie sah Ulrichs gebeugte Haltung, die schlaff gewordene Haut und vor allem den abwesenden Blick. Er kam ihr vor wie eine leere Menschenhülle. Wie sehr sie sich wünschte, dass er wieder wie früher wurde!
Auf einmal konnte sie die Sorgen nicht mehr beiseiteschieben. Noch war es nur ein Kribbeln in der Magengegend, aber schon stieg es höher. Gleich würde es ihr die Kehle zuschnüren.
Was, wenn es nicht klappte?, dachte sie nun selber. Wenn ihr Onkel die versteinerte Figur berührte und nichts passierte? Einfach gar nichts? Kein Schmetterlingsgeflatter, kein klarer Blick?
Finja drehte sich Hilfe suchend zu Kati um.
»Jetzt habe ich doch Angst«, flüsterte sie.
Kati war nicht sauer. Sie legte tröstend ihren Arm um Finjas

Schultern. »Komm«, sagte sie, »wir müssen es auf jeden Fall versuchen. Es stimmt ja alles, was du gesagt hast.«

Gemeinsam gingen sie auf Ulrich zu. Ihre Schritte knirschten auf dem Kies. Ulrich schien es nicht zu hören. Erst, als sie direkt vor ihm standen, hob er seinen Kopf. Nervös schauten ihn die beiden Mädchen an. Aber auch das fiel Ulrich nicht auf. Er nickte ihnen völlig unbeteiligt zu. Ohne jedes Zeichen eines Wiedererkennens.

»Hallo Ulrich«, sagte Finja. Ihre Stimme gehorchte nicht ganz. Sie krächzte und zitterte. Finja musste sich erst einmal räuspern. »Hallo Ulrich«, begann sie von Neuem. »Ich habe etwas mitgebracht.«

Wieder nickte der Onkel teilnahmslos.

Finja schob zitternd ihre Hand in die Tasche. Sie zog die versteinerte Figur heraus und beobachtete dabei unverwandt ihren Onkel. Dann streckte sie ihm das funkelnde Schmetterlingswesen entgegen.

Finja spürte, wie sich Katis Hand in ihre Schulter krallte. Die beiden Freundinnen rückten näher aneinander und warteten atemlos.

»Du musst sie berühren!«, stammelte Finja und schob ihre Hand noch weiter nach vorne. »Komm, fass sie an, dann bist du erlöst!«

Langsam hob Ulrich den Arm. Er streckte die Hand aus, seine Finger näherten sich den glitzernden Flügeln.

Einen Lidschlag später flatterte das Schmetterlingskind über die prächtigen roten Rosen. Es drehte zwei Kreise vor dem wolkenlosen Himmel, hustete ein wenig und sauste dann geradewegs auf den hölzernen Deckel des Brunnens zu. Durch einen Spalt veschwand es.

»Finja!«
Das war Ulrichs Stimme. Sie klang fröhlich, lebendig – so wie früher. Finja sah ihn an.
Sein Gesicht! Ein Blitz aus Glück durchfuhr Finja. Es kribbelte sie bis in die Fingerspitzen. Es pochte an ihren Haarwurzeln. Selbst Finjas Ohrläppchen glühten. Ulrichs Gesicht! Die Augen waren klar und es lag ein Freudestrahlen darin! Die Haut war rosig geworden und hing nicht mehr wie schlaffer Stoff über den Wangenknochen. Der Mund zuckte, als wolle er gleich in Lachen ausbrechen! Die Augenbrauen hüpften nach oben und die Fältchen um die Augen vertieften sich, als Ulrich nun erneut »Finja!« rief.
Sie fielen einander in die Arme.
Finja schloss die Augen und war glücklich. Dass sie das geschafft hatte, dass sie ihren Onkel geheilt hatte und jetzt in seinen Armen lag, das war besser als der Ritt auf dem Drachen Farmarall.
Nach einer Weile – in der selbst Kati respektvoll schweigend ausgeharrt hatte – ließ Ulrich seine Nichte los. Er musterte sie

schelmisch von oben bis unten und sagte dann: »Also, du bist Finja, meine Lieblingsnichte, da kann mir keiner etwas vormachen. Aber warum bist du so furchtbar groß geworden? Und in was für einem Garten sind wir hier überhaupt?«

Finja musste kichern. Typisch Ulrich, dass er jetzt schon wieder Späße machte!

Er kratzte sich mit gespielter Verzweiflung am Kopf. »Lag ich im Märchenschlaf und ihr seid in der Zwischenzeit in diese Luxusvilla gezogen?«

Er zwinkerte ihr fröhlich zu, trotzdem spürte Finja, dass seine Verzweiflung nicht nur gespielt war. Sie beeilte sich, ihm alles zu erklären: »Du warst gefangen! In einem bösen aramsischen Zauber!«

»In einem aramsischen Zauber?«

»Ja«, rief Finja. »Im Zauber des schwarzen Gewandes. Mit diesem Zauber können aramsische Wesen versteinert werden. Und wenn ein Mensch dabei zusieht, wird auch er versteinert – im Kopf. Er findet nicht mehr aus seinem Traum heraus.«

Ulrich nickte. Er schien das gut zu verstehen.

Der Name Aramsi war ihm nicht fremd. »Darum also«, murmelte er.

»Du musst dabei zugesehen haben, wie Sirill versteinert wurde«, fuhr Finja fort.

Wieder nickte er. »Ja. Sirill. Ihr Bild war in meinem Kopf.

Sonst nichts. Es kommt mir so vor, als hätte ich jahrelang in ihre dunkelblauen Augen gestarrt.«

»Wir haben die versteinerte Sirill aus Aramsi hierher gebracht. Du hast sie berührt, dadurch seid ihr beide erlöst worden.«

»Wie habt ihr das geschafft? Ihr seid ja große Helden – du und deine Freundin!«

Finja strahlte übers ganze Gesicht. Genau so hatte sie sich das vorgestellt! Aus ihr und Kati sprudelte es jetzt nur so hervor. Sie erzählten ihr ganzes Abenteuer mit dem Drachen Farmarall und wie sie dabei herausgefunden hatten, dass ein Weißbartgnom Sirill versteinert hatte. Sie berichteten vom Dank des gezähmten Drachen, von seinem kalten Feuer und von der steinernen Figur, die durch die kalte Flamme zu ihnen gekommen war.

»Das habt ihr wirklich großartig gemacht!«, sagte Ulrich, als sie am Ende angelangt war. Nicht der leiseste Zweifel klang in seiner Stimme mit. Finja war glücklich. Sie hatte doch gewusst, dass ihr Onkel Aramsi kannte und dass er sie nicht mit diesem misstrauischen Blick bedenken würde, den Erwachsene üblicherweise an den Tag legten, wenn man ihnen von fantastischen Zauberwesen erzählte. Nein, Ulrich glaubte alles. Er hörte mit Begeisterung zu und wollte immer noch mehr wissen: »Die glitzernden Flügel, die ich gerade gesehen habe, waren also Sirills?«

Finja nickte.
»Wo ist sie denn hingeflogen?«
Kati deutete auf den abgedeckten Brunnen. »Ich glaube, sie ist da drinnen verschwunden.«
»Das müssen wir untersuchen!«, rief Ulrich voller Forschereifer. »Kommt, wir können doch ein aramsisches Wesen nicht einfach so davonfliegen lassen! Ich habe Tausende von Fragen!« Er krempelte sich die Ärmel hoch, als ginge es auf eine Expedition, und marschierte dann geradewegs durch das Rosenbeet auf den Brunnen zu.
Finja und Kati liefen hinterher.
Ulrich untersuchte schon den hölzernen Deckel. Er umrundete einmal den ganzen Brunnen und tastete dabei die Fuge zwischen Deckel und Mauer ab. »Hier!«, rief er. »Hier ist ein Spalt! Meint ihr, Sirill passt dort hindurch?«
Kati besah sich die Lücke, die sich unter dem verzogenen Holz gebildet hatte. »Bestimmt!«, sagte sie.
Ulrich schob seine Finger in den Zwischenraum. »Ich kann den Deckel anheben«, ächzte er. »Versucht mal, ob ihr ihn dann ein wenig zur Seite rücken könnt!«
Kati und Finja lehnten sich dagegen. Tatsächlich: Der Deckel rutschte zur Seite.
Ein geheimnisvolles Licht strömte aus der Öffnung. Ein blaues Glitzern. Schimmernde Staubkörner schwebten ihnen entgegen. Finja spürte ein Zittern in der Magengegend. Dieses

blaue Glitzern – das kannte sie! Von ihren Reisen nach Aramsi. Was sie sahen, musste . . . Das konnte doch nur . . .

»Das ist ein Eingang nach Aramsi!«, stieß sie hervor.

»Wirklich?«

Vor Überraschung ließ Ulrich den Deckel fallen. Er lag jetzt etwas schief auf der Brunnenöffnung und durch das entstandene Loch strömte immer weiter blau glitzerndes Licht.

»Du meinst, wir müssen nur in den Brunnenschacht steigen und schon sind wir in Aramsi?«, fragte Ulrich atemlos.

Finja nickte.

»Ja, aber das gibt es doch nicht! Seit Jahren suche ich nach einem Eingang und finde keinen. Kaum kommt ihr daher, schon öffnet sich die Tür!« Er strahlte die Mädchen an. »Worauf warten wir noch? Ich muss dringend nach Aramsi!« Er griff wieder nach dem Deckel, um ihn noch weiter zur Seite zu hieven.

Da tönte einen Stimme durch den Park. »Herr Höfer! Was machen Sie denn da?«

Finja drehte sich um und sah eine Frau mit kurz geschnittenen Haaren und entschlossenem Gesichtsausdruck auf sie zueilen.

»Das ist Frau Krineis, die Sozialpädagogin, die dich hier betreut«, flüsterte sie ihrem Onkel zu.

»Sozialpädagogin?«, gab er verdutzt zurück. »Betreut?«

»Ja, sie haben dich alle für verrückt gehalten. Darum hast du

das letzte Jahr hier gewohnt.« Finja seufzte. Sie konnte ihrem Onkel doch nicht in zwei Minuten erklären, was sich im vergangenen Jahr zugetragen hatte.
»Kommen Sie bitte aus dem Rosenbeet heraus!« Frau Krineis war schon an der Parkbank angelangt und sah alle drei kopfschüttelnd an. »Was soll denn das!«
»Entschuldigen Sie«, sagte Ulrich mit seiner besten Mathematiklehrer-Stimme. »Aber meiner Nichte ist beim Spielen ein Medaillon in diesen Brunnen gefallen. Ein wertvolles Stück, von meiner Großmutter.« Er wandte sich um und zwinkerte Finja unauffällig zu. Dann drehte er sich wieder zu Frau Krineis und schüttelte ebenfalls den Kopf. »Ich habe den Kindern auch schon gesagt, dass sie nicht mitten in der Parkanlage spielen sollen, aber heutzutage hören sie ja nicht mehr auf Erwachsene . . .«
Finja grinste vor sich hin. Das hatte sie schon immer an Onkel Ulrich geliebt: Dass er aus dem Stand flunkern konnte und mit größter Überzeugung die wildesten Geschichten vortrug. Dass er so tun konnte, als wäre er auf der Seite der supervernünftigen Erwachsenen, während er in Wirklichkeit selbst der größte Kindskopf war.
Frau Krineis starrte Ulrich ungläubig an. »He-He-Herr Höfer«, stotterte sie dann. »Wa-Was ist denn mit Ihnen passiert?«
Ulrich ging gelassen auf die Sozialpädagogin zu. »Um ehr-

lich zu sein, kann ich Ihnen das auch nicht genau sagen. Meine Nichte meinte, ich sei hier in einer betreuten Einrichtung untergebracht? Ich kann mich leider nicht daran erinnern, wie ich hierhergekommen bin. Aber das wird sich sicher bald alles klären.«

Nun war er bei Frau Krineis angekommen. Formvollendet reichte er ihr die Hand und neigte leicht seinen Kopf. »Guten Tag. Höfer, mein Name, aber Sie wissen das ja offensichtlich schon. Mit wem habe ich das Vergnügen?«

»Kr-Krineis«, stammelte Frau Krineis. »Sind Sie denn nicht mehr . . . Ich meine, warum sprechen Sie so normal? Wissen Sie wieder, wer Sie sind?«

»Wer ich bin, weiß ich selbstverständlich. Ulrich Höfer, Mathematiklehrer am Humboldt-Gymnasium. Einzig, wie ich hierhergelangt bin, ist mir unerklärlich.«

Frau Krineis tastete nervös nach ihrem Handy. Sie zog es hervor, tippte hastig darauf herum und rief dann: »Herr Doktor Winterstetter! Ja, hier Krineis, bitte Herr Doktor, hier ist etwas Unglaubliches passiert. Herr Höfer . . ., ja genau, er ist . . ., wie soll ich sagen . . ., er ist so normal!«

Finjas Grinsen wurde breiter. Wie sie das alles genoss! Ihr Onkel war normal! Na klar! Sie hatte ihn schließlich geheilt! Finja stieß Kati mit dem Ellbogen in die Seite. Die beiden Mädchen sahen sich verschwörerisch an. Was wusste diese Sozialpädagogin schon davon, was wirklich geschehen war!

Frau Krineis stopfte ihr Handy zurück in ihre Hosentasche. »Der Herr Doktor wird in einer halben Stunde hier sein«, sagte sie zu Ulrich. »Er wird Sie untersuchen.« Sie lächelte ein wenig verunsichert. »Ich verstehe das ja alles nicht, aber möglicherweise können Sie das Heim noch heute verlassen.«

Noch heute! Finja hätte am liebsten die Arme in die Luft geworfen und einen Jubelschrei ausgestoßen, aber in Anwesenheit von Frau Krineis erschien ihr das unpassend.

»Sollen wir schon deine Sachen packen?«, rief sie stattdessen und stürmte aus dem Rosenbeet zu Ulrich. »Komm, ich zeige dir dein Zimmer!«

Auch Kati war nun bei ihnen angelangt. Frau Krineis nickte verdattert und die drei marschierten zum Haus.

Ulrich sah sich immer wieder um. »Geht sie weg?«, zischte er den Mädchen zu. »Sobald sie weg ist, drehen wir um und steigen in den Brunnen, okay?«

»Wieso denn?«, fragte Finja. »Wir haben doch alle Zeit der Welt! Wenn du erst mal entlassen bist, können wir jederzeit nach Aramsi reisen. Ich kenne auch noch zwei andere Eingänge. Das ist alles kein Problem.«

»Nein, Finja«, widersprach ihr Onkel. »Das dauert mir viel zu lange. Ich will nach Aramsi, und zwar so schnell wie möglich. Seit Jahren will ich das!«

»Aber ...«, begann Finja. Plötzlich erschien es ihr nicht mehr so toll, dass Ulrich solch ein Kindskopf war. Es war doch total unvernünftig, jetzt gleich in den Brunnen zu springen. Lieber sollte er sich erst untersuchen lassen und entlassen werden. Und dann wollte sie mit ihm nach Hause gehen!

»Mama und Papa wollen dich doch auch sehen! Willst du nicht erst mal zu uns kommen? Was meinst du, wie schön das wird!«

»Ach, wieso denn? Zeitverschwendung! Nein, ich warte seit Ewigkeiten darauf, nach Aramsi zu reisen.«

Zeitverschwendung!, dachte Finja ärgerlich. Mit ihnen das Wiedersehen zu feiern war also *Zeitverschwendung!*

»Aber . . .«, begann sie von Neuem.

»Ich will mich nicht durch Entlassungspapiere, Formulare und Untersuchungen aufhalten lassen. Dieser ganze bürokratische Kram ist mir schon immer zuwider gewesen«, fuhr Ulrich fort und griff nach der Perle, die unter seinem Hemd versteckt war.

»Aber . . .«

»Nein, ich will nach Aramsi. Ich will zu Alvaira!«

Alvaira? Finja schüttelte unwillig den Kopf. Wer immer das auch war – sie konnte doch wohl nicht so wichtig sein, dass sie diesen einzigartigen Moment zerstörte! Sie, Finja, hatte Ulrich gerade erlöst! Alles war gut! Jetzt konnte ihr gemeinsames, schönes Leben wieder beginnen. Was wollte da eine *Alvaira?*

»Wer ist denn das?«, fragte sie pampig.

Ulrichs Gesicht nahm einen Ausdruck an, den sie noch nie gesehen hatte. Die Pupillen wurden weit und tief. Sie sahen aus wie dunkle Brunnen, auf deren Wasseroberfläche ein geheimnisvoller Glanz lag. »Alvaira«, murmelte er. »Alvaira ist die Frau, die ich liebe.«

Finja staunte ihren Onkel mit offenem Mund an. Und gleichzeitig spürte sie einen fiesen, kleinen, brennenden Stich. Noch nie in seinem ganzen Leben hatte Ulrich eine Freundin gehabt – jedenfalls nicht, soweit Finja wusste. Das hätte er ihr doch sagen müssen! Im Grunde, fand Finja, hätte er sie sogar um Erlaubnis bitten müssen. Schließlich war sie seine Lieblingsnichte. Das ging sie doch auch was an! Da hatte er heimlich eine Geliebte und dachte womöglich an eine eigene Familie . . .

»Seit mehr als zehn Jahren suche ich Alvaira. Jedes Mal, wenn ich nach Aramsi schauen konnte, habe ich nur sie gesucht! Und jetzt . . .«

Sie ist ihm wichtiger als wir!, dachte Finja wütend. Sie ballte die Fäuste. Ihr fiel nichts ein, was sie ihm hätte antworten können.

Finja sah sich um. Frau Krineis stand noch immer vor der Parkbank. Wenigstens das. »Sie geht da nicht weg!«, sagte Finja trotzig und Ulrich ließ sich widerwillig in sein Zimmer begleiten.

Später saß Finja allein im Gang des Wohnheims und wartete. Ulrich wurde untersucht. Kati hatte nach Hause fahren müssen. Ihre Mutter legte größten Wert darauf, dass die Familie pünktlich zum Mittagessen erschien.
Finja schaute auf die Uhr. Schon fast eine Stunde war Ulrich jetzt in dem Untersuchungszimmer! Warum dauerte das denn so lange? Unruhig rutschte sie auf ihrem Stuhl hin und her. Sie musste aufs Klo. Aber sie stand nicht auf. Sie durfte Ulrich nicht verpassen. Sonst sprang er noch alleine in den Brunnen. Das traute sie ihm ohne Weiteres zu. Sie wollte aber mit! Wenn Ulrich schon nicht zu ihnen nach Hause kam, dann wollte sie ihn wenigstens nach Aramsi begleiten.
Sie hatte noch einmal über alles nachgedacht. Ihre Wut war kleiner geworden. Der Stich brannte nicht mehr so sehr. Ulrich hatte eine Freundin. Okay. Im Grunde war das ja nichts Ungewöhnliches für einen erwachsenen Mann. Und die Tatsache, dass sie aus Aramsi kam, fand Finja eigentlich ganz aufregend. Eine Geliebte in Aramsi! Irgendwie machte sie das sogar ein wenig stolz. Ein Zittern lief durch Finjas Körper. Es war ein wenig so, als sei sie, Finja, nun viel näher dran an dieser geheimnisvollen Welt. Als gehöre sie dazu. Ein bisschen jedenfalls.
Da öffnete sich die Tür. Dr. Winterstetter trat heraus. Er hatte in der einen Hand seine Arzttasche, in der anderen hielt er schon den Autoschlüssel. »Was machst denn du noch hier,

Finja?«, fragte er. »Bist du nicht längst mit deinem Onkel nach Hause gegangen?«

»Wieso? Warum längst? Ist er weg?«, fragte Finja erschrocken.

»Na ja, ich habe ihm jedenfalls vor einer halben Stunde seine Entlassungspapiere ausgestellt.«

»Aber ... aber ich habe doch hier gewartet!«

»Hm, vielleicht hat er die andere Tür genommen. Wahrscheinlich habt ihr euch verpasst. Jetzt lauf schnell heim, da findest du deinen Onkel wieder.« Dr. Winterstetter lächelte altväterlich und ging den Gang hinunter.

Finja starrte ihm entsetzt nach. *Die andere Tür! Verpasst!* Von wegen! Ulrich war mit Absicht nicht bei ihr vorbeigekommen. Und sie wusste auch, warum. Sie blickte aus dem Fenster in den Park. Niemand war zu sehen. Der Deckel des Brunnens lag auf dem Boden neben dem Schacht.

3. Ulrichs Geschichte

Finja war bereits zwei Mal in Aramsi gewesen. Zwar war sie durch andere Eingänge in die fantastische Welt gelangt, aber dieses wunderbare blaue Glitzern, das sie nun umfing, hatte auch dort geherrscht. Und auch das wilde Herzklopfen, das es in ihr auslöste, war dasselbe gewesen. Der ganze Brunnenschacht – der gerade mal so tief war wie Finja lang – schillerte und funkelte. Finja konnte die Wände des Schachts nicht mehr sehen, nicht den Himmel über sich, nicht den Boden unter ihren Füßen. Nur noch Blau – glitzerndes Blau. Finja lächelte. Sie wusste: Das, was sie umgab, war Traumstaub. Aramsischer Traumstaub. Er sah nicht nur wunderschön aus, er erfüllte auch einen wunderschönen Zweck: Er verband die Menschenwelt mit Aramsi. Alle Wesen dort brauchten ihn zum Atmen und sie bekamen ihn aus der Menschenwelt. Es gab eine eigene Ordensgemeinschaft der »Traumstreicher«, die nichts anderes taten, als Traumstaub nach Aramsi zu bringen. Die Traumstreicher waren Wesen aus allen möglichen aramsischen Völkern: Zwerge, Elfen, Baumriesen und viele mehr. Sie trugen graue Kutten, deren Kapuze unsichtbar machte, sobald man sie sich überstülpte. So schlichen die Traumstreicher unerkannt in die Menschenwelt hinein und strichen dort träumenden Menschen übers Haar. Der gestreichelte Mensch konnte dann – im Traum – nach Aramsi hinüberblicken. Er sah fantastische Bilder aus dieser wunderschönen Welt und würde später denken, nie so lebendig geträumt zu haben. Er würde die Bilder im Herzen bewahren und sich sein ganzes Leben lang daran erfreuen können. Die Traumstreicher aber kehrten zurück in ihre Welt. Hier stiegen sie auf einen der vielen Türme des Traumstreicherklosters und klopften sich die Hände ab: Blau glitzernder Traumstaub rieselte dann von ihnen herab und verteilte sich über ganz Aramsi.

Langsam zeichneten sich in dem blauen Glitzern Konturen ab. Finja erkannte, dass sie auf einem kleinen Felsvorsprung stand. Um sie herum rauschte es. Sie drehte sich einmal um die eigene Achse. Zu drei Seiten sah sie nassen, bemoosten Fels, zur vierten einen brausenden, glitzernden, gurgelnden Vorhang.

Sie stand direkt unter einem Wasserfall! Wie tausend Perlen stürzten die Wassertropfen in die Tiefe. Es rauschte und zischte und immer wieder schlugen ihr Spritzer ins Gesicht.

Es war ein großartiges Schauspiel. Aber je länger sie die sprudelnde Wand bestaunte, desto nervöser wurde Finja. Wie sollte sie hier herauskommen? Die Wand aus Wasser verschloss die Nische im Fels vollkommen. Finja konnte nicht an der Seite hindurchschlüpfen. Sie musste durch das Wasser hindurch. Aber was lag dahinter? Ein steiler Abhang? Stürzte das Wasser ins Bodenlose? Und wo war Ulrich?
Finja machte einen Schritt auf den Vorhang zu. Sie schob ihren rechten Fuß ins brausende Wasser. Noch spürte sie felsigen Boden. Vorsichtig zog sie ihren anderen Fuß nach. Sie stand jetzt direkt vor der Wand aus Wasser. Ihr Gesicht war nass. Die Haare klebten. Das rote T-Shirt war gesprenkelt mit nassen Flecken. Aber das machte Finja nichts aus, sie konzentrierte sich ganz darauf, ob sie Boden spürte, und war bereit, sich jederzeit nach hinten in ihre Höhle fallen zu lassen.
Vorsichtshalber setzte sie sich auf den bemoosten Fels. Sofort war sie bis auf die Unterhose durchnässt. Dafür konnte sie ihre Füße durch den Wasserfall hindurchstrecken. Und wenn sie die Knie anwinkelte, konnte sie mit den Zehenspitzen auf der anderen Seite der Wasserwand immer noch Fels ertasten. Na also. Kein Abgrund. Finja gab sich einen Ruck und rutschte auf dem Hosenboden unter dem herabfallenden Wasser hindurch.
Im nächsten Moment wurde sie von der Strömung erfasst und einen leicht abfallenden Hang hinuntergespült. Wasser schlug ihr ins Gesicht. Sie schnappte nach Luft.

Da hatte sie sich vielleicht bescheuert angestellt! Auch wenn das Wasser nicht ins Leere stürzte, war sie der starken Strömung ja trotzdem völlig ausgeliefert! Das hätte sie sich doch denken können!
Verzweifelt versuchte sie, aus der Strömung herauszuschwimmen. Jederzeit konnte ein Abhang kommen und sie würde hinuntergerissen werden! Sie schlug mit den Armen nach beiden Seiten, suchte Halt. Sie schluckte Wasser und versuchte, ihre Augen offenzuhalten, während das Wasser sie mit sich riss. Dann verlor sie die Kontrolle. Wasser war über ihr, unter ihr, neben ihr und wirbelte sie in irgendwelche Richtungen. Finja wusste nicht mehr, wo sie war.
Auf einmal landete sie mit Schwung in einem ruhigen Wasserbecken. Es war die breit gewundene Kurve eines trägen Flusses. Finja schwamm ein paar Züge in Richtung Ufer und suchte dann mit den Füßen nach Boden. Der Fluss war nicht tief. Finja stand auf. Das Wasser reichte ihr jetzt bis zur Taille. Sie watete an Land und sah sich um.

Der Fluss zog sich durch eine Landschaft aus kegelförmigen, bewaldeten Bergen. Aus jedem der Berge schoss ein Wasserfall hervor. Manchmal sprudelte eine Fontäne direkt aus dem Gipfel, manchmal quoll ein Wasserstrahl seitlich aus dem Berg heraus. Ein Weg führte auf halber Höhe an den Bergrücken entlang. Die Luft war voller emporstiebender Wasser-

tropfen, die in der herrlichen aramsischen Traumstaub-Luft schillerten.
Finja hielt nach einem Platz Ausschau, wo sie sich trocknen lassen konnte – und entdeckte Ulrich. Er stand ein wenig höher auf einem Felsplateau. Nackt. Nur das Lederband mit der Perle baumelte um den Hals. Seine Kleider hatte er auf den sonnenwarmen Felsen zum Trocknen ausgebreitet. Er hielt sich die Hand schützend über die Augen und spähte in alle Richtungen.

Finja musste lachen. Es sah ziemlich albern aus, wie sich ihr nackter Onkel in alle Richtungen drehte, sich streckte und auf den Zehenspitzen stand, um möglichst weit zu sehen.
»Ulrich!«, rief sie.
Er schaute zu ihr hinunter. »Hallo Finja«, rief er erfreut. »Du kommst mit? Ich hatte gedacht . . .«
»Ja, ja, das hattest du gedacht!«, antwortete sie ein wenig ärgerlich. »Aber ich habe meine Meinung geändert und du hättest mich ja wenigstens fragen können, anstatt dich so an mir vorbeizumogeln!« Sie kletterte zu ihm hinauf. »Vielleicht kann ich dir ja helfen, du kennst dich hier schließlich nicht aus.«
Ulrich zuckte mit den Schultern. »Ach, Finja«, sagte er. »Entschuldige, dass ich so überstürzt aufgebrochen bin. Aber ich habe eben solche Sehnsucht nach Alvaira.«

Kurz schwappte der Widerwillen in Finja hoch. Alvaira, Alvaira, immer nur Alvaira!, dachte sie gereizt. Doch dann schluckte sie ihren Ärger hinunter.

»Weißt du denn, wo sie wohnt?«

Ihr Onkel ließ sich von den Zehenspitzen zurück auf die Fußsohlen fallen und richtete seinen Blick auf Finja. Langsam und feierlich sagte er: »Sie ist eine Verle aus dem Land Laurulin.«

Finja lächelte ein wenig hilflos. Eine Verle. Das Wort hatte sie noch nie gehört. Was war das für ein Geschöpf? Und wo lag Laurulin? Wie hatte Ulrich eine Verle getroffen? »Woher kennst du sie? Ich denke, du warst noch nie in Aramsi.«

»Sie war bei mir. In meiner Wohnung in Almsbach.«

Finja starrte ihn ungläubig an. Aramsische Wesen konnten nicht in die Menschenwelt kommen, sie brauchten ja Traumstaub zum Atmen!

Ulrich bemerkte ihren Gesichtsausdruck und fügte hinzu: »Sie ist eine Traumstreicherin.«

»Wirklich?« Finja war beeindruckt. Sie wusste, dass es schwer war, Traumstreicher zu werden, und dass nur die begabtesten und fähigsten Wesen eines jeden aramsischen Volkes dafür ausgewählt wurden. Ulrichs Geliebte war also nicht nur Aramserin, sondern dazu noch eine ganz besonders bedeutende!

»Sie kam zu mir wie zu irgendeinem beliebigen träumenden

Menschen, um mir durch die Haare zu streichen«, begann Ulrich zu erzählen. »Doch schon in dem Moment, in dem ihre Fingerspitzen meine Haare berührten, lief ein Schauer durch uns beide und wir wussten, dass wir ohne einander nicht mehr sein konnten.« Ulrich lächelte. »Für mich war das sehr komisch, denn ich hatte sie ja nicht einmal gesehen! Trotzdem wusste ich, dass das, was ich spürte, die Hände der Frau waren, die ich liebte. Es begann eine herrliche Zeit. Alvaira schenkte mir die schönsten Träume meines Lebens. Mittags, wenn ich aus der Schule kam, setzte ich mich aufs Sofa und versank erst einmal in wunderschönen Bildern aus Aramsi. Jeden Tag! Es war fantastisch! Oft habe ich dir danach die Träume erzählt. Als Geschichten verpackt natürlich.« Er lächelte verschmitzt und seine Augen blitzten Finja erwartungsvoll an. »Erinnerst du dich an die Geschichte von den Frauen, die aus Wassertropfen Zauberperlen formen und sie zu Ketten auffädeln?«

Finja nickte. Natürlich erinnerte sie sich. Das war ihr Lieblingsmärchen gewesen. Immer wieder war sie als kleines Mädchen auf den Schoß ihres Onkels geklettert, um diese Geschichte zu hören. Die Perlen, so hatte ihr Onkel erzählt, waren hellsichtig. Man konnte in ihnen lesen wie Wahrsager in einer Kristallkugel. Denn beim Formen der Perlen ließen die Frauen alle Wahrheit und Helligkeit ihrer Seele in sie hineinfließen.

»Wie soll denn das gehen?«, hatte Finja jedes Mal gefragt, um die schöne Erklärung auch noch erzählt zu bekommen. Es lag an den glitzernden Zauberschleiern, die die Frauen über ihren hellblauen Haaren trugen. Diese Schleier verliehen ihnen die Kraft, das Licht ihrer Seele in die Perle strömen zu lassen. Damit sie selbst nach dem Perlenformen nicht mit dunkler Seele in hoffnungloser Trübsal zurückblieben, legten sich die Frauen die hellsichtigen Perlen als Ketten um den Hals. Das Licht ihrer Seele strahlte nun im Freien und legte einen zauberhaften Glanz auf ihre Gesichter.
»Diese Frauen sind Verlen«, sagte Ulrich nun.
Finja nickte. Sie griff nach Ulrichs Hand. Es war schön, an diese alten Geschichten zu denken. Und noch schöner war es, zu merken, dass es sich nicht um Märchen, sondern um die Wahrheit handelte.
»Alvaira hat mir ihre Heimat oft gezeigt, wenn sie mich von Aramsi träumen ließ.« Ulrich griff nach der Perle, als helfe sie ihm, sich zu erinnern. Finja begriff, dass dies eine echte Verlenperle war, die Ulrich von seiner Freundin geschenkt bekommen hatte. »Eines Tages hörte ich beim Erwachen eine Stimme. Eine Stimme wie perlende Wassertropfen. Es war Alvaira. Sie hatte ihr Schweigen gebrochen. Sie flüsterte mir zu.« Ulrich sah nun über Finja hinweg. Seine Augen richteten sich auf einen weit entfernten Gipfel, der mächtig, wie ein wachsames Tier, alle kegelförmigen Berge überragte.

Finja lehnte sich an ihn und hörte zu.
»Jeden Tag kam sie zu mir, sie strich mir durch die Haare, und wenn ich aus meinen Träumen erwachte, erklärte sie mir, was ich gerade gesehen hatte. Immer wieder zeigte sie mir ihre Heimat, das Land Laurulin. Silbern glitzernde Flüsse durchziehen es wie Lamettafäden. Die Verlen sitzen am Ufer und greifen sich Wassertropfen für ihre Ketten heraus. Es ist wunderschön.«
Ulrich schwieg. Er schien das Bild des Landes Laurulin nicht loslassen zu wollen. »Als ich vorhin den Wasserfall vor mir sah, dachte ich kurz, ich sei direkt in Laurulin gelandet, aber«, er schüttelte traurig den Kopf, »solche spitzen grünen Berge gibt es dort nicht. Dort schimmert alles bläulich und silbern und die Inseln zwischen den Flüssen sind flach.« Er räusperte sich und kehrte zu seiner Geschichte zurück. »Nur Alvaira selbst konnte ich nie sehen. Sie saß ja neben mir. Und sie war unsichtbar unter ihrer Traumstreicherkutte.«
»Du hast sie nie gesehen?«
»Doch.« Ulrich seufzte tief. »Ich habe sie gesehen. Für die Dauer eines Kusses. Dann begann sie fürchterlich zu husten. Ohne die Kapuze vertrug sie die traumstaubfreie Luft nicht. Sie röchelte und ich hatte Angst, sie würde sterben. Mir gelang es gerade noch, ihr die Kapuze wieder überzustülpen. Sie brauchte einen ganzen Tag, bis sie sich so weit erholt hatte, dass sie nach Aramsi zurückkehren konnte.« Seine Stim-

me brach. Finja merkte, dass Ulrich mit den Tränen kämpfte. »Es war mein Fehler!«, stieß er hervor. »Ich habe sie dazu gedrängt, die Kapuze abzunehmen, und das hätte ich niemals tun sollen.« Er biss sich auf die Lippen und atmete dann mehrmals tief durch, bevor er fortfuhr. »Als Alvaira ging, sagte sie: *Alles wird sich ändern, Ulrich. Ich werde dafür sorgen, dass wir zusammen sein können. Vielleicht wird es eine Weile dauern. Aber ich werde wiederkommen und du wirst mich sehen können. Vertraue mir.* Sie hat mir eine ihrer Perlen geschenkt, damit das Licht ihrer Seele bei mir ist. Dann ist sie gegangen – und niemals zurückgekehrt.« Er vergrub sein Gesicht in beiden Händen und blieb regungslos stehen.

Finja sagte nichts. Sie wusste nicht so recht, wie man einen verliebten Erwachsenen tröstete. Sie hatte doch keine Ahnung, wie sich das anfühlte. Sie merkte nur, dass Ulrich unendlich traurig war.

Zögernd streichelte sie ihm über den Arm. »Und was willst du jetzt tun?«

»Na ja«, sagte Ulrich. »Ich werde losmarschieren und das Land Laurulin suchen.« Er bemühte sich zu lächeln. »Ich denke, das Schwerste habe ich schon geschafft. Ich habe einen Eingang nach Aramsi gefunden. Ich bin in Alvairas Welt. Den Rest werde ich auch noch hinkriegen.«

Den Rest würde er auch noch hinkriegen! Finja schüttelte fassungslos den Kopf. Ihr Onkel war ganz schön ahnungslos! »Aramsi ist riesig!«, rief sie. »Und gefährlich! Es sieht schön aus und man kann wunderbar davon träumen. Aber wenn du einem aramsischen Ungeheuer wirklich begegnest, dann bist du in Todesgefahr!«

Ulrich schien nicht besonders beeindruckt von Finjas Warnung. »Es wird schon klappen«, sagte er.

»Weißt du wenigstens, wo Laurulin liegt?«

»Nein. Ich habe keine Ahnung.«

Finja holte tief Luft. »Ulrich, so geht das nicht. Du musst zumindest die Richtung kennen. Die Reise ist möglicherweise lang und gefährlich. Du brauchst ein Reittier und Proviant. Am besten noch warme Kleidung und eine Waffe. Es ist absolut leichtsinnig, einfach so durch eine Welt zu stiefeln, die du überhaupt nicht kennst!«

»Meinst du?« Irgendetwas an ihren Worten schien ihn berührt zu haben. Zumindest ein bisschen.

Ermutigt redete Finja weiter auf ihn ein. »Am besten wäre es, wenn wir Dak fragen würden. Genau. Das sollten wir tun. Er ist ein Freund von mir. Ein Junge mit blauen Federn auf dem Kopf. Er wird uns helfen.«

Ulrich nickte. Was seine Nichte da sagte, schien ihm ein guter Plan zu sein. Weder er noch Finja ahnten, dass es noch jemanden gab, der davon überzeugt war, dass sie Alvaira auf diese Weise finden konnten.

4. Der Traumstreichermeister

Viele tausend aramsische Meilen weiter östlich beugte sich ein runzeliger, schattenhafter Mann über einen seltsam gemusterten Teppich und lauschte. Er war in eine graue Kutte gehüllt, deren Kapuze schlaff in seinem Nacken hing. Seine schwarzblauen faserigen Haare umgaben den Kopf wie eine Regenwolke. Die etwas hellere graublaue Haut hing in sichelförmigen Falten unter den trüben Augen, in denen sich immerfort Tränen sammelten. Es war Girimko, der Meister aller Traumstreicher.

Er gehörte zum Stamm der Schattenschleicher, einem Volk, das im Ruselmoor hauste und sich Zelte aus Nebelschleiern baute. Schattenschleicher glichen der nebelverhangenen Landschaft dort so perfekt, dass niemand sie erkennen konnte. Im Traumstreicherkloster aber, wo Girimko nun schon seit Jahrzehnten lebte, hob er sich deutlich vom strahlenden Weiß der Wände ab.

Der seltsame Teppich, der auf den ersten Blick einer gewebten Landkarte glich, lag in einem kreisrunden Saal, über den sich eine prächtige, gläserne Kuppel spannte. Glitzerndes blaues Licht fiel durch sie hindurch und ließ den Raum erstrahlen. Es war der größte und schönste Saal des Klosters und wie jeden Tag wandelten hier Traumstreicher umher, ließen ihren Blick über Linien und Markierungen schweifen, blieben irgendwann stehen und starrten versunken in den Teppich hinein. Sie waren auf der Suche nach Übergängen in die Menschenwelt. Der Weltenteppich half ihnen dabei. Denn sobald sich der Betrachter auf eine Stelle konzentrierte, wuchs ihm die Landschaft entgegen. Er sah sie in natürlicher Größe und genau so, wie sie im Moment war: ob ein Sturm wütete oder die Sonne brannte, ob sich eine Gruppe Elfen traf oder ein Drache alle Lebewesen verscheuchte. Der Teppich zeigte aber auch, was hinter der aramsischen Landschaft lag. Und das war die Menschenwelt. Wer lange genug in den Teppich blickte, konnte sie lebendig vor sich sehen: von Menschen bewohnte Städte, Autobahnen und Kinderspielplätze. Und das Erstaunlichste war: Der Weltenteppich leitete den Blick des Betrachters. Er zeigte ihm das, was er suchte.

Girimko, dem Meister der Traumstreicher, zeigte der Teppich eine Landschaft aus kegelförmigen Bergen. Girimkos

wässrige Augen starrten ein Mädchen an, das dort auf einem Felsen stand und in einem fort redete. Ein Mädchen mit dicken, dunklen Haaren, das sich jetzt bückte, ausgebreitete Kleider vom Boden sammelte und sie einem nackten Mann reichte: »Komm, Ulrich, lass uns aufbrechen! Dak wird uns helfen, Alvaira zu finden.«
Der Mann schlüpfte in seine Kleider und antwortete: »Gut, so machen wir es. Du wirst sehen, du und Alvaira, ihr werdet euch gut verstehen.«

Girimko hob den Kopf. Die Landschaft, die er gesehen hatte, sackte in sich zusammen und wurde wieder zu einem Muster auf dem kreisrunden Teppich.
»Das darf nicht geschehen!«, flüsterte Girimko. Seine Stimme klang wie das Rascheln der Blätter vor einem Sturm: sorgenvoll und gleichzeitig drohend. »Sie dürfen Alvaira nicht finden. Alvaira will Aramsi zerstören! Sie ist unser aller Feindin!«
Er nahm seinen Stock und schritt langsam auf die Flügeltür des Saales zu. Sie öffnete sich von selbst und Girimko schritt durch einen langen Gang bis zur Eingangshalle. Auch das große Tor nach draußen schwang ohne sein Zutun auf. Girimko trat ins Freie.
Er stand auf einem von zwei Hügeln, die sich zwischen den Dächern einer großen und äußerst seltsamen Stadt erhoben.

Es war Zatran, die Hauptstadt Aramsis. Kein Haus glich hier dem anderen. Gezwirbelte Türme standen neben Hütten aus Stroh, Steinhöhlen neben schwebenden Zelten.
Auf dem gegenüberliegenden Hügel ragte ein Webstuhl haushoch in den glitzernden aramsischen Himmel hinein. Er bildete den Mittelpunkt von Mormis Großweberei. Hier webte sie nachts die Zauberkleider für alle aramsischen Wesen. Die glitzernden Schleier, die den Verlen die Kraft verliehen, ihre Zauberperlen zu formen, die riesigen Halstücher, die die Drachen zu den stärksten Wesen der aramsischen Welt machten, die blauen Hemden, mit denen die Wahrheiter Lügen erkennen konnten.
Hier traf Mormi, die Großweberin, ihre Entscheidungen über Wohl und Wehe des Landes. Zu ihr musste Girimko jetzt gehen und ihr berichten, was er in dem Teppich gesehen hatte.
Er stülpte sich seine Kapuze über. Unsichtbar stieg er in die Stadt hinab. Unsichtbar durchquerte er die belebten Straßen, unsichtbar erreichte er das Tor der Großweberei.
Hier schüttelte er die Kapuze wieder ab. Kaum erkannten Mormis Diener, wer vor der Tür stand, ließen sie ihn ein. Sie führten ihn auf einem Kiesweg durch die Weberei bis zu einer Bank, auf der eine eher kleine graue Frau saß. Mormi.
Die Großweberin, die nachts einer Riesin gleich in silbernen Gewändern an dem großen Webstuhl saß, war tags eine schmächtige, vollkommen unscheinbare Gestalt. Einzig in ih-

ren grauen Augen konnte man die Macht erkennen, mit der sie einerseits Zauberkräfte in ihre Stoffe webte, andererseits die Geschicke des Landes Aramsi lenkte. Girimko verneigte sich vor ihr. Die Diener zogen sich eilfertig zurück.

»Seid gegrüßt, verehrte Großweberin«, sagte der Traumstreichermeister.
»Sei gegrüßt, Girimko. Was führt dich zu mir?«
»Das Menschen-Mädchen, Finja, ist nach Aramsi zurückgekehrt, gemeinsam mit einem Mann.«
»Und?«
»Sie suchen Alvaira.«
Mormi erschrak. Wie ein schwarzer Blitz zuckte es durch ihre Augen. Sie hob die Brauen und sah Girimko ernst an. »Alvaira? Bist du dir sicher?«
»Ich habe Finja und den Mann im Weltenteppich gesehen und ihre Unterhaltung gehört. Ich bin mir sicher.«
»Wo sind sie?«
»In Spralka, dem Land der Wasserfälle.«
Mormi schüttelte den Kopf. »Seltsam. Das ist äußerst seltsam. Finja ist uns doch wohlgesonnen!«
»Das dachte ich auch«, stimmte der Traumstreichermeister zu.
»Was sucht Finja in Spralka? Warum ist sie nicht einfach nach Zatran gekommen? Sie kennt doch den Übergang«, murmelte Mormi. »Wollte sie uns aus dem Weg gehen?«

»Vielleicht«, meinte Girimko unruhig. »Dann ist höchste Vorsicht geboten!«
»Ich kann es mir nicht erklären.« Mormi schüttelte nachdenklich den Kopf.
»Soll ich sie von den Säbelsingern ergreifen lassen?«, fragte Girimko eifrig.
Doch Mormi legte ihre Hand auf seine Schulter. »Nein!«, befahl sie. »Keine Säbelsinger. Das Mädchen hat uns zweimal gerettet. Das dürfen wir nicht vergessen. Tu ihr nichts! Hindere sie nur an ihrem Plan. Lass dir etwas einfallen, damit sie Alvaira nicht findet.«
»Ist das nicht zu leichtsinnig? Wäre es nicht besser, wir hätten die beiden hinter Schloss und Riegel?«
»Nein, Girimko, nein. Bis jetzt haben sie noch nichts getan.«
Girimko verneigte sich. »Wie Ihr befehlt!«, sagte er. Dann stülpte er sich die Kapuze über und eilte zurück zum Kloster. Er war ein wenig unzufrieden. Er hatte gehofft, dass Mormi seine Wachsamkeit loben würde, und es wäre ihm sehr viel lieber gewesen, die Säbelsinger loszuschicken. Diese kleinen, gepanzerten Kerlchen, die Säbelklingen anstelle von Händen hatten, strotzten vor Kraft und hätten die beiden Menschen in kürzester Zeit gefangen genommen. Dann wäre Aramsi wieder sicher gewesen. Girimko seufzte. Es war die Aufgabe des Traumstreichermeisters, den aramsischen Traumstaub zu schützen, und er nahm das sehr ernst. Mit jeder Faser sei-

nes schattenhaftens Körpers wollte er dieser Pflicht Genüge tun. Am liebsten hätte er jede mögliche Gefahr schon im Entstehen vernichtet. Und sei es mit Gewalt. Er seufzte erneut. Aber wenn Mormi dagegen war, würde er ihr natürlich gehorchen.

Vor dem Tor des Traumstreicherklosters blieb er stehen und nahm seine Kapuze wieder ab. Er legte den Kopf in den Nacken und schaute in den Himmel. Suchend ließ er seinen Blick durch die blau glitzernde Luft wandern. Dann sah er sie. Kaum mehr als zwei dunkle Punkte, die in großer Höhe umeinanderwirbelten.

Girimko steckte sich die Finger in den Mund und pfiff. Es klang wie der schrille Schrei eines Schaudervogels. Die Punkte schossen auf ihn zu. Die wolkenhaften Körper wurden größer und größer. Bald schon waren pausbäckige Gesichter zu erkennen. Es waren zwei Meersäusler, die ihre fragenden Augen auf Girimko richteten.

»Ihr habt uns gerufen, Meister der Traumstreicher? Habt Ihr einen Wunsch?«

Girimko antwortete knapp: »Einen Befehl habe ich. Einen Befehl, der unverzüglich zu erfüllen ist!« Er nahm seinen Stock und deutete westwärts. »Zieht nach Spralka, ins Land der Wasserfälle, und entfacht ein Unwetter, das die Höhlen einstürzen lässt und die Gipfel von den Bergen kippt. Ein Unwetter, das das Flusstal verschüttet, sodass sich das Wasser neue Wege suchen muss. Ein Unwetter, das Spralka, das Land der Wasserfälle, so verwüstet, dass niemand mehr den Weg findet, auf dem er gekommen ist.« Zur Bekräftigung klopfte er mit dem Stock dreimal auf den Boden. Die Meersäusler verneigten sich tief. Doch Girimko scheuchte sie ungeduldig davon. »Husch, husch, beeilt euch!«

Sofort zogen sich die Wesen zu kleinen wolkigen Kugeln zusammen und schossen davon. Schnell wie Blitze flogen sie über die Dächer der Stadt Zatran.

Girimko sah ihnen schweigend nach. Dann öffnete er seine Lippen. »Und Dak nehme ich mir selber vor. Dem kleinen Wahrheiterjungen werden die beiden Menschen nicht begegnen!« Er ging ins Kloster zurück und schloss sich in seiner Mönchszelle ein. Hier – umgeben von nichts als weißen Mauern – wandte er seine Augen nach innen und begann tonlos zu flüstern: »Komm ins Kloster . . . Sofort . . .«

5. Der Ruf

Dak spürte, wie der Wind durch seine Federn strich. Er blickte auf. Der Gipfel des mulsanischen Berges war nicht mehr weit. Er nahm die Zügel seines Feuerpferdes fester in die Hand, erhöhte den Druck seiner Waden und trieb das Tier noch stärker an. Um ihn herum prasselten die Mähnen und Schweife Hunderter Feuerpferde. Eine ganze Herde sprengte den Hang hinauf. Die glühenden Hufe versanken in weichem bläulichem Moos. Es zischte bei jeder Berührung. Funken stoben. Dak war der einzige Reiter, Kleif, sein Pferd, das einzige gezähmte Tier der Herde. Das Glück pochte in Daks ganzem Körper. Er fühlte sich frei und wild.

Dak gehörte dem Stamm der Wahrheiter an.
Den Wahrheitern wuchsen blaue Federn anstelle von Haaren

und sie trugen ein blaues Zauberhemd, durch das sie Lügen erkennen konnten. Auch Dak hatte Federn auf dem Kopf, aber er trug kein blaues Hemd mehr. Er hatte es vor mehreren Monaten Finja, einem Menschenmädchen, übergestreift, um es aus den Fängen der lügenden Dunkelfürstin Itzika zu befreien.

Dak wohnte eigentlich in Zatran, der Hauptstadt Aramsis. Aber seit vorgestern war er im Tal der Feuerpferde zu Gast, das manche auch »das Verbrannte Land« nannten. Er hatte den Scherwekas den Drachensattel zurückgebracht, den er gemeinsam mit Finja gestohlen hatte, um den Drachen Farmarall zu zähmen. Die Scherwekas, wilde Frauen mit langen kupferroten Haaren, hatten ihn freundlich aufgenommen. Den Diebstahl trugen sie ihm nicht nach. Nein, sie waren stolz, dass ihr Sattel, den sie kunstfertig genäht hatten, dazu beigetragen hatte, den gefährlichen Drachen zu bezwingen.

Dak lächelte, als er an seine Ankunft bei den Scherwekas dachte. Er mochte diese Frauen sehr. Sie waren anders als alle Wesen, die er in der Hauptstadt Zatran kannte. Bei ihnen war alles einfach. Keine Scherweka kümmerte es, ob er sich verneigte, bevor er sie ansprach. Niemand pochte darauf, dass er sich die Füße wusch, bevor er ein Scherweka-Zelt betrat. Und wenn er sagte, dass er ausreiten wolle, dann lachten sie und wünschten ihm viel Spaß.

Gut, das würde seine Mutter in Zatran auch tun, aber Dak

würde trotzdem ihre Sorge spüren und sich verpflichtet fühlen, bald wieder nach Haus zu kommen.
Die Scherwekas dagegen liebten das Abenteuer so wie er selbst. Sie hatten ihn eingeladen, ein paar Tage im Tal der Feuerpferde zu bleiben. Und da Dak seiner Mutter beim Abschied vorsichtshalber gesagt hatte, die Reise ins Verbrannte Land würde mindestens eine Woche dauern, hatte er gerne angenommen.
Die Scherwekas lebten in Zeltlagern in dem weiten Tal. Sie zogen den wilden Feuerpferdherden hinterher. Manche der Tiere zähmten sie, ritten sie zu und verkauften sie als Reitpferde. Aber das waren nicht viele. Diejenigen aramsischen Wesen, die sich trauten, ein Feuerpferd zu reiten, konnte man an einer Hand abzählen. Man brauchte nicht nur ungeheuren Mut, sondern auch großes Geschick. Eine falsche Bewegung und die Flammen der Mähne verbrannten einen.
Dak beherrschte die Kunst des Feuerpferd-Reitens perfekt. Zwar besaß er keines, aber er durfte, wann immer er wollte, auf einem Feuerpferd der Großweberin Mormi reiten und Kleif, der dunkle Hengst, war ihm längst schon so vertraut geworden wie ein eigenes Reittier. Dak schloss die Augen und konzentrierte sich ganz auf Kleifs Bewegungen, auf den Wind in seinen Federn und das Prasseln um ihn herum. Er genoss die Schnelligkeit. Es gab nichts Herrlicheres!
Auch Kleif war glücklich, im Verbrannten Land zu sein und

mit anderen Feuerpferden um die Wette zu galoppieren. Die wilde Herde hatte ihn sofort als Leithengst akzeptiert und folgte ihm, wohin auch immer Dak ihn lenkte.
Ein Fohlen der Herde war Dak von Anfang an aufgefallen. Es schaute mit glitzernden, treuen Augen zu Kleif auf und wich ihm nicht von der Seite. Es hieß Kalini. Auch jetzt galoppierte Kalini direkt vor ihnen den mulsanischen Berg hinauf. Schon seit Stunden ging es nur bergauf, doch Kalini zeigte nicht die geringste Spur von Erschöpfung.
Der mulsanische Berg war wahrscheinlich die höchste Erhebung Aramsis, auf jeden Fall aber die geheimnisvollste. Vom Tal der Feuerpferde aus sah man den Berg, mächtig und groß wie ein wachsames Tier, das aus halb geöffneten Augen das Land zu seinen Füßen beobachtete. Die Aussicht von dort oben musste herrlich sein. Es hieß, wer den Gipfel erreichte, habe einen Wunsch frei. Aber vielleicht war das nur eine Sage. Soweit Dak wusste, war noch nie jemand dort oben gewesen. Zu hoch, zu steil war der Berg. Nur mit einem Feuerpferd hatte man überhaupt eine Chance, ihn zu erklimmen.
Dak war sehr früh aufgebrochen, denn er hatte einen weiten Umweg reiten müssen. Zwischen dem Tal der Feuerpferde und dem mulsanischen Berg lag Spralka, das Land der Wasserfälle. Am schnellsten wäre es gewesen, einfach zwischen den kegelförmigen Bergen dort hindurchzureiten. Aber mit

Feuerpferden war das nicht möglich. Vor nichts fürchteten sie sich so sehr wie vor herabstürzendem Wasser – zu Recht: Verloschen die Flammen eines Feuerpferdes, musste es sterben. Also hatten sie einen großen Bogen um Spralka gemacht und sich schließlich von Norden her dem mulsanischen Berg genähert.

Jetzt sprengten sie seit Stunden den blaugrün bemoosten Bergrücken empor. Bald würden sie dort oben, hoch über allen aramsischen Landschaften, ankommen. Dak sah den Gipfel direkt vor sich liegen.

Da hörte er es zum ersten Mal. Das heißt, »hören« war nicht das richtige Wort. Er spürte es. Eine Stimme. Eine Stimme, die ihn von innen rief, die seinen ganzen Brustkorb, ja, jetzt auch seinen Kopf, seine Arme und Beine ausfüllte.

»Komm ins Kloster!«, dröhnte die Stimme.

Dak zog die Zügel an und Kleif blieb stehen. Dak lauschte in sich hinein. »Sofort!«, befahl die Stimme. »Komm sofort. Du sollst ein Traumstreicher sein!«

Dak erfasste den Inhalt der Worte zuerst nicht. Dabei hatte er sich sein ganzes Leben lang gewünscht, einmal zum Traumstreicher berufen zu werden. Schließlich wurden nur die Besten eines jeden Volkes dafür ausgewählt. Aber als er es jetzt hörte, war es für ihn keine Nachricht, die sein Herz rasen und ihn Jubelschreie ausstoßen ließ. Es kam ihm eher so vor, als

habe er es schon immer gewusst. Er staunte nicht. Er spürte nur die unbedingte Pflicht, der Stimme zu gehorchen.
»Sofort! Komm sofort!«, dröhnte es durch seinen Körper. Und Dak, der sich nur noch wenige Meter vom Gipfel des mulsanischen Berges entfernt befand, wendete sein Pferd.

Er war nicht mehr er selbst. Sein eigener Wille war begraben. Von einer Sekunde auf die andere war er zum Sklaven dieser seltsamen Stimme geworden. Nur so konnte sich Dak später erklären, warum er den Weg wählte, den er jetzt einschlug.
»Komm so schnell wie möglich!«, drängte die Stimme. Und der schnellste Weg führte durch das Land der Wasserfälle hindurch.
Den Hang hinab folgte ihm die Herde willig. Nicht ein einziges Tier schien es für möglich zu halten, dass Dak am Fuß des mulsanischen Berges seine Richtung beibehalten würde. Doch er zögerte keinen Augenblick.
Zwischen dem blaugrünen Moos am Wegrand sprossen die ersten Wolwa-Gräser, die nur in Spralka wuchsen. Ein erster kleiner, kegelförmiger Hügel erhob sich, aus dem ein harmloser Wasserfall plätscherte.
Kleif wieherte unwillig. Doch Dak zwang ihn weiter. Die Pferde hinter ihnen scheuten und schlugen aus. Schaum trat ihnen vor die Mäuler, ihre Augen blitzten wirr. Aber Dak kannte kein Erbarmen, er nahm die Zügel straffer und trieb

Kleif an. Der Hengst gehorchte. Er trabte den Weg am Wolwa-Fluss entlang. Und die Herde folgte ihm.
Zunächst ging es gut. Ab und zu traf ein Wasserstrahl eine kleine Flamme, die dann zischend erstarb. Aber einzelne Flammen ersetzten die Feuerpferde schnell. Nie verlosch ein ganzer Schweif oder eine ganze Mähne – nur das wäre lebensgefährlich gewesen.
Doch dann zogen Wolken auf. In einer Geschwindigkeit, wie Dak es noch nie erlebt hatte. Erst sah er nur zwei dunkle Punkte im Osten. Aber schon beim nächsten Blick in den Himmel waren daraus zwei dicke Gewitterwolken geworden, die geradewegs auf das Land der Wasserfälle zurasten. Sie blähten sich auf und wirbelten herum, als spien sämtliche aramsische Drachen gleichzeitig Rauch in die Luft. Die Wolken wechselten ihre Farbe von Schwarzblau zu Glutrot, dann schillerten sie wieder schwefelgelb. Sie begannen zu donnern und Blitze zu werfen. Sie drehten sich in einem geheimnisvollen Tanz und entfachten dabei einen Wind, der die Flammen von Kleifs Mähne nach hinten peitschte, sodass sie Daks Stirnfedern versengten.
Wieder wieherten die Tiere. Ängstlich und unwillig. Dak wusste, was sie wollten: dass er umkehrte und sie wieder aus Spralka hinausführte. Dann könnten sie dem Gewitter ausweichen und müssten nicht länger an den gefährlichen Wasserfällen vorbei.

Doch das hätte viel Zeit gekostet. Und das ließ die Stimme in Daks Innerem nicht zu. »Komm so schnell wie möglich!«, befahl sie. Dak ritt weiter. An dem Fluss Wolwa entlang, mitten hinein in den brodelnden Sturm.
Äste brachen und flogen meilenweit durch die Luft. Felsen rollten die Hänge hinunter. Der Sturm war lebensgefährlich für alle Wesen, die hier lebten, nicht nur für die Feuerpferde. Die Herde war aufgelöst vor Entsetzen. Sie floh im wildesten Galopp vor herumpeitschenden Wasserstrahlen, vor abrutschenden Bergen, vor dem Sturmwind, der ihre Flammen vernichten wollte.
Einmal hörte Dak den Schrei eines Mädchens. Er erinnerte ihn an Finja. Doch selbst diese Erinnerung konnte nichts gegen die innere Stimme ausrichten, die ihm befahl, immer weiter zu galoppieren, immer weiter geradeaus. Nur ein einziges Mal übertönte ein Geräusch kurz die innere Stimme. Es war das Wiehern einer Stute, die ihr Fohlen in dem brausenden Sturm verloren hatte. Dak erschrak, aber das Geräusch kam nicht wieder und die Stimme trieb ihn weiter voran.

Dak machte erst halt, als sie das Ende des Landes erreicht hatten. Er zählte die Tiere durch. Doch noch bevor er damit fertig war, bemerkte er, dass eines fehlte. Kalini.
Was er empfand, war eigenartig. Früher – bevor die Stimme in ihm zu befehlen begonnen hatte – hätte er geschrien und geschluchzt und wäre sofort umgekehrt, um das Fohlen zu

suchen. Jetzt spürte er nur eine dumpfe Trauer. Ein bleiernes, lähmendes Gefühl, das keinerlei Raum für den Gedanken ließ, dass er das Fohlen vielleicht noch retten könnte. »Weiter«, forderte die Stimme.

»Weiter«, flüsterte Dak tonlos und trieb Kleif an.

Er war so beherrscht von dieser Stimme, dass er sich nicht einmal schämte, als er kurze Zeit später eine Herde bei den Scherwekas ablieferte, der ein Fohlen fehlte. »Wir haben es im Sturm verloren«, sagte er, als sei das nicht weiter wichtig. Die entsetzten Blicke der Scherwekas bemerkte er kaum, er dachte nur ans Weiterreiten. »Ich muss nach Zatran!«, rief er und galoppierte davon. Die Scherwekas sahen ihm erschüttert nach.

Er ritt die ganze Nacht. Im ersten Morgenlicht sah Dak die Hauptstadt Aramsis vor sich liegen. Er hielt nicht an.

Bisher hatte ihn der Anblick Zatrans immer zu einem kurzen Moment der Andacht gezwungen. Egal, wie sehr er in Eile war. Selbst damals, als der Drache wütete, hatten er und sein Vater innegehalten, als die zwei Hügel am Horizont aufgetaucht waren. Heute machte Dak keine Pause. Er hielt nicht an, als er am Stadtrand sein Elternhaus sah, ein Baumhaus, das in einer sanft schwingenden Weide hing. Er zögerte nicht einmal, als er seine Mutter am Fenster erkannte. Erst auf dem Hügel des Klosters, vor der makellos weißen Tür, zog er die Zügel an und sprang ab.

6. Im Kloster der Traumstreicher

Das hohe Tor des Traumstreicherklosters hatte weder Klinke noch Schloss. Es gab keine Glocke und keinen Riegel. Dak wusste das. Er war schon einmal hier gewesen. Damals mit Finja …

Es half nichts, zu klopfen oder zu rufen. Man musste vertrauensvoll warten. Wenn man einen triftigen Grund hatte, das Kloster zu betreten, wurde einem auch geöffnet.

Dak, der eben noch ohne Pause durch Aramsi galoppiert war, spürte keine Ungeduld. Die innere Stimme trieb ihn nicht mehr an. Nein, sie erfüllte ihn jetzt mit der Sicherheit, dass ihm Einlass gewährt werden würde.

Die Tür schwang auf. Bläuliches Licht strömte Dak entgegen. Inmitten des Lichts stand eine kleine, zarte Frau mit fast durchsichtiger Haut und lindgrünen Haaren, die ihr bis zu den Füßen reichten. Das war Laisia, die Wächterin der Pforte.

Dak verbeugte sich. »Verehrte Laisia, ich habe eine Stimme vernommen . . .«
»Ich weiß«, antwortete Laisia. »Girimko erwartet dich, folge mir.«
Als Dak zögerte, fügte sie hinzu: »Jemand wird sich um dein Pferd kümmern.«
Dak sah Laisia an. Er war überzeugt davon, dass sie Gedanken lesen konnte. Und zwar nicht nur die Gedanken aramsischer Wesen, sondern auch die Gedanken aller Dinge. Alles, was Laisia tat, schien ohne körperliche Anstrengung, nur durch die Kraft ihrer Gedanken zu geschehen. Sie wusste, was man sagen wollte, ohne dass es ausgesprochen wurde. Türen öffneten sich vor ihr, ohne dass sie nach der Klinke griff, ja selbst beim Gehen berührten ihre nackten Füße nicht den Boden.
Laisia führte Dak den Gang entlang, von dem rechts und links Wendeltreppen zu den Plattformen der Türme führten. Die breiteste Wendeltreppe schritt – nein, schwebte – sie hinauf. Die Treppe mündete in ein kreisförmiges Zimmer, das direkt unterhalb der Plattform lag. Durch bodentiefe, geöffnete Fenster strömte blau glitzernde Luft herein. An einem Tisch in der Mitte des Raumes saß ein alter, runzeliger Schattenschleicher.
»Willkommen!«
Zunächst dachte Dak, die Stimme in seinem Innern habe ge-

sprochen. Es war derselbe Klang. Doch dann bemerkte er, dass sein Brustkorb nicht vibrierte, dass er die Schwingungen nicht in sich spürte. Die Stimme – dieselbe Stimme, die ihn gerufen hatte – kam jetzt von außen.

»Es freut mich, dass du so schnell gekommen bist!« Der Schattenschleicher stand auf und ging auf Dak zu. Er trug eine Traumstreicherkutte.

Dak zögerte. Dieser Mann hat mir die Befehle erteilt, dachte er und das machte ihn unsicher. Er fühlte sich klein und schwach.

Der Schattenschleicher stand nun vor ihm und reichte ihm beide Hände. »Ich bin Girimko, der Meister der Traumstreicher.« Dak sah in das alte Gesicht. Die Augen glichen zwei trüben Tümpeln. Das Gesicht lag im Schatten der langen Haare, die Girimkos Kopf wie eine dunkle Wolke umhüllten. Es war schwer, darin die Konturen zu erkennen. Lächelte er? Ein wenig.

Mit leichtem Widerwillen ergriff Dak die schlaffen Hände. Schattenschleicher waren nicht gerade diejenigen aramsischen Wesen, mit denen sich Wahrheiter anfreundeten. Wahrheiter mochten Klarheit. Klare Worte und einen klaren Blick.

Dak schob sein Unbehagen zur Seite. Er wollte seine Zeit im Traumstreicherkloster nicht mit Misstrauen beginnen. Girimko war der Meister. Das bedeutete, dass er nicht nur von seinem Volk auserwählt war, sondern auch vom Orden der Traumstreicher. Und es bedeutete auch, dass Mormi diese Wahl gutgeheißen hatte.

Dak beschloss, darauf zu vertrauen, dass diese Gruppe der weisesten aramsischen Wesen sich einen fähigen Meister gesucht hatte. Er verbeugte sich. »Ich freue mich«, sagte er. »Ich freue mich sehr, gerufen worden zu sein.«

Girimko stieß einen seltsamen Laut aus. Eine Art Schnauben, vielleicht war es auch ein Lachen. Dak hoffte, dass es freundlich gemeint war.

»Wer zum Traumstreicher gemacht wird, entscheide nicht ich«, sagte Girimko.

Daks Unbehagen meldete sich zurück. Wollte der Meister damit sagen, dass er Dak nicht ausgewählt hätte? Dak schwieg.

»Es ist Laisia. Sie kann die Gedanken der aramsischen Wesen hören und weiß, wen welches Volk als seinen Vertreter ins Kloster schicken möchte.« Wieder stieß Girimko sein seltsames Schnauben aus.

Dak senkte den Kopf und wartete ab. Jetzt, wo Girimkos Stimme nicht mehr von innen zu ihm sprach, wurden dort wieder seine eigenen Gedanken lebendig. Zunächst schlich sich leise Enttäuschung in seine Seele. Er hatte sich den Beginn seiner Zeit als Traumstreicher anders vorgestellt.

»Mir bleibt es lediglich, zu entscheiden, *wann* ich die Auserwählten rufe«, fuhr Girimko fort.

Als Dak das hörte, durchzuckte ihn ein Gedanke: Er hat es mit Absicht gemacht. Er hat mich so gerufen, dass ich den Gipfel des mulsanischen Berges nicht mehr erreiche. Er hat mich so gerufen, dass ich Kalini im Sturm verliere.

»Du hast nun vier Wochen Zeit, um dich auf deine Prüfung vorzubereiten. Jeder Traumstreicher muss sein Können und sein Wissen nachweisen, bevor er das Gelübde ablegt. Du wirst solange in einer Zelle des Klosters wohnen und dort lernen. Folge mir, ich zeige sie dir.« Girimko ging zur Wendeltreppe und stieg hinab. Er führte Dak in einen langen Gang, an dessen einer Seite eine Mönchszelle an der anderen lag. Ganz am Ende des Ganges war Daks Zelle. Girimko öffnete die Tür und ließ ihn eintreten. Der Raum war schmal und weiß. An der Stirnseite befand sich ein Fenster, nicht breiter als eine Schießscharte. Eine Liege stand rechts, links ein Tisch, auf dem sich Bücher zu einem hohen Turm stapelten, und gleich hinter der Tür befand sich ein Kleiderhaken, an dem eine graue Kutte hing.

»Ist das meine?«, rief Dak aus. Sein Herz klopfte hoffnungsvoll.

»Du darfst sie erst anziehen, wenn du die Prüfung bestanden und das Gelübde abgelegt hast«, antwortete Girimko kurz angebunden.

Trotzdem blieb in Dak eine kribbelnde Vorfreude. Er nickte. Am liebsten hätte er die Kutte angefasst und zumindest

schon einmal den Stoff gefühlt. Aber unter Girimkos Blick traute er sich das nicht.
Seine Traumstreicherkutte! Er würde wieder ein Zaubergewand tragen! Er würde wieder ein vollwertiges Wesen Aramsis sein! Dak wusste, welche drei Fähigkeiten einem die Traumstreicherkutte verlieh, sobald man die Kapuze überstülpte: Man wurde unsichtbar, man konnte in traumstaubfreier Luft atmen und man konnte im Traumstreicherschritt ganz Aramsi rasch durchqueren. All das war nötig, um unerkannt die Menschenwelt zu betreten und dort den Menschen durchs Haar zu streichen. Dak hatte gehört, dass die Traumstreicher fast so schnell gehen konnten, wie ein Feuerpferd galoppierte. Schließlich mussten sie auch weit entfernte Übergänge zur Menschenwelt erreichen. Wie er sich darauf freute, durch Aramsi zu schreiten! Der wunderbare Ritt von gestern kam ihm in den Sinn. Kleifs Hufe auf dem mulsanischen Berg. Kalini, das Fohlen . . .
Er zuckte zusammen. Kalini!, dachte er wieder, diesmal voller Verzweiflung. Kalini! Das Fohlen!
»Dies hier sind deine Bücher«, hörte er die Stimme sagen, die ihn gestern weitergetrieben hatte, obwohl sich Kalini in großer Not befunden hatte.
Ein schlechtes Gewissen erfüllte Dak, gepaart mit Wut auf Girimkos Stimme.
»Du musst die Geschichte des Ordens kennen. Du musst die

Techniken des Traumstreichens studieren. Du musst die Regeln des Ordens und des klösterlichen Lebens kennen.«

Du musst! Du musst! Da waren sie wieder, die Befehle, die diese Stimme erteilte. Dak presste die Lippen aufeinander, um sich zu beherrschen.

Während Girimko sprach, nahm er ein Buch nach dem anderen in die Hand und legte es wieder auf den Tisch. *»Die Klosterregeln«*, sagte er. *»Anfänge der Traumstreicherei, Die Feinde Aramsis, Erste Fingerübungen.«* Er ließ das letzte Buch auf den Stapel zurückfallen. »Solange du dein Gelübde noch nicht abgelegt hast, darfst du dich nur in der Eingangshalle, in deiner Zelle und im Speisesaal aufhalten. Die Türme sind verboten! Hast du noch Fragen?«

Dak hatte noch Fragen. Viele. Aber er schüttelte den Kopf. Er wollte allein sein. Er wollte nachdenken über all das, was am vergangenen Tag und in der vergangenen Nacht geschehen war. Und er wollte vor allem diese Stimme nicht mehr hören. Diese Stimme, die an allem schuld war!

Girimko wandte sich zur Tür. »Morgen Abend werde ich selbst in deine Zelle kommen und dir praktischen Unterricht im Traumstreichen geben«, sagte er zum Abschied.

Dak wollte sich schon erleichtert auf seine Liege fallen lassen, da drehte sich der Traumstreichermeister noch einmal zu ihm um. In den trüben Augen glitzerte es, als freue er sich über eine ganz besonders gute Idee. »Vor dem Gelübde ist es auch verboten, den Kuppelsaal zu betreten. Hörst du? Kein Blick auf den Weltenteppich!« Dann rieb er sich zufrieden die Hände und verließ die Zelle.

Noch im selben Augenblick brach das verzweifelte Schluchzen aus Dak hervor, das er die ganze Zeit unterdrückt hatte. Kalini! Was war mit ihm passiert? War es gestorben? Seinetwegen? Weil er, Dak, unbedingt durch das Land der Wasserfälle hatte reiten müssen?

Die Frage ließ ihn nicht mehr los. Jetzt, wo er endlich im Kloster angekommen war, wo die Bücher auf seinem Tisch lagen, die er immer hatte studieren wollen, jetzt saß er auf seiner Pritsche und grübelte darüber nach, was mit dem Fohlen geschehen war.

7. Nach dem Sturm

Finja spürte das Licht durch die geschlossenen Lider. Nein, noch nicht, dachte sie schlaftrunken. Sie war doch noch so müde! Sie wollte sich umdrehen und stieß an etwas Hartes. Überhaupt war alles furchtbar unbequem. Was war mit ihrem Bett passiert? Sie blinzelte. Direkt vor ihrer Nase ragte eine graue Felswand auf.

Wo war sie? Finja blinzelte nochmals. Dann fiel ihr alles wieder ein. Sie hockte zusammengekauert in einem Felsspalt. In einem aramsischen Felsspalt, während draußen das schrecklichste Gewitter wütete, das sie je erlebt hatte. Tat es das noch? Es war so still geworden! Finja streckte prüfend ihre Hand aus der engen Höhle. Der Regen schien aufgehört zu haben, von draußen strömte Tageslicht herein. Die ganze Nacht hatten sie und Ulrich in diesem winzigen steinernen Loch verbracht. Das

Unwetter war mit einer solchen Geschwindigkeit herangerast, dass sie sich nur noch hier hinein hatten retten können. Eigentlich waren sie gerade dabei gewesen, die Höhle hinter dem Wasserfall zu suchen, in der sich der Übergang zur Menschenwelt verbarg. Sie wollten nach Almsbach zurückkehren und von dort aus, durch einen der anderen Übergänge, die Finja kannte, direkt nach Zatran gehen. Aber der Regen war mit einer solchen Wucht heruntergeprasselt, dass sie keinen Schritt mehr hatten machen können. Noch viel schlimmer war der Sturmwind gewesen. Ganze Baumstämme waren an der Öffnung ihres Unterschlupfs vorbeigeflogen. Schwere Felsbrocken hatte der Orkan vor sich hergetrieben, als wäre es loses Herbstlaub. Dass Finja und Ulrich nicht selbst weggeweht worden waren, verdankten sie nur dem Schutz der Höhle. Sie bot Sicherheit, ansonsten war sie fürchterlich, fand Finja. Zwei schroffe, aufeinander zulaufende Felswände. Kein Platz, sich hinzulegen, kein Platz, auch nur einen Schritt zu gehen. Sie hatten sich nicht einmal unterhalten können, so laut war das Getöse gewesen. Irgendwann hatte die Erschöpfung gesiegt und Finja war am Fels lehnend eingeschlafen. Ulrich kauerte in einer ähnlich unbequemen Haltung neben ihr und schnarchte noch immer.

Doch jetzt spürte Finja Sonnenstrahlen auf ihrer Hand.

»Ich glaube, wir können wieder raus«, sagte sie zu Ulrich und rüttelte ihn wach.

Der Onkel nickte verschlafen. »Was?«, fragte er. »Wo, wer?« Er fuhr sich durch die strubbeligen Haare und rieb sich die Augen.
Finja wartete nicht, bis er sich besonnen hatte. Sie nahm ihn an der Hand und zog ihn mit ins Freie. Was sie sahen, hatte nur wenig mit der zauberhaften Landschaft zu tun, die sie einen Tag zuvor betreten hatten.

Ganze Berge waren in sich zusammengesackt. Der Fluss, der sich so gemächlich durch die kegelförmigen Berge geschlängelt hatte, war zu weiten Teilen über die Ufer getreten. An anderen Stellen war sein Bett verschüttet. Baumstämme lagen kreuz und quer, dazwischen Felsbrocken und Matsch. Hinter jedem Schuttwall, den das Gewitter aufgehäuft hatte, sammelte sich das Wasser, das von den Resten der Berge herabströmte, und suchte sich einen neuen Lauf.
»Nicht zu fassen!«, sagte Ulrich, als er das Ausmaß der Zerstörung sah. Er drückte Finjas Hand. »Du hattest recht, als du mich gewarnt hast. Aramsi ist nicht nur ein schönes, sondern auch ein sehr gefährliches Land.«
Finja antwortete nicht. Sie konnte nicht. Das Bild der Verwüstung raubte ihr die Worte.
»Du hattest recht«, wiederholte ihr Onkel. »Und jetzt sollten wir endlich tun, was du vorgeschlagen hast: Lass uns zurückkehren und an anderer Stelle nach Aramsi gehen.«

»Ja, aber wie?«, schluchzte Finja auf. »Wie sollen wir denn in diesem Chaos den Übergang in unsere Welt finden?«

Der Berg, aus dem »ihr« Wasserfall geschossen war, bestand nur noch zu zwei Dritteln. Und da der Quell des Wasserfalls im oberen Drittel gelegen hatte, rann das Wasser jetzt in vielen kleinen Rinnsalen den Hang hinunter. Es war unmöglich, herauszufinden, wo genau es vorher entlanggeflossen war. Zumal der Felsvorsprung, in dem der Übergang lag, vermutlich zusammengestürzt war.

»Wir müssen das Geröll zur Seite schaufeln, dann finden wir den Übergang sicher«, meinte Ulrich guter Dinge.

»Wir haben nicht einmal Schaufeln!«, wandte Finja ein.

»Wir sollten es versuchen. Komm!« Ulrich legte seine Hand zuversichtlich auf Finjas Schulter, gab ihr einen aufmunternden Stoß und marschierte los.

Finja stolperte hinterher, durch ein Feld matschiger Erde hinüber zu dem Haufen Geröll, das einmal ein bewaldeter, kegelförmiger Berg gewesen war.

Sie fühlte sich schlecht. Nach der halb durchwachten Nacht war sie müde und fror. Ihre Kleider waren feucht. Aber am schlimmsten war der Hunger. Das beständige Grummeln in ihrem Magen schien zu sagen: *Es geht nicht mehr nur um einen einfacheren Weg auf der Suche nach Alvaira, sondern um dein eigenes Überleben!* Ob Ulrich das klar war?

Er summte vor sich hin, während er vor ihr ein Geröllfeld hinaufkletterte, das dort endete, wo sie den Übergang vermuteten. Bei jedem Schritt lösten sich Erdbrocken. Mehr als einmal landete der Schutt und Matsch, den Ulrich zum Abrutschen gebracht hatte, auf Finjas Kopf. Jetzt stürzte unter ihrem Fuß krachend eine Ladung Steine in die Tiefe.
Da hörte Finja auf einmal ein seltsames Geräusch. Sie blieb stehen und wartete, bis das Krachen der Steine verklungen war. Jetzt ertönte es nochmals. Ein Wiehern. Ein ersterbendes, verzweifeltes Wiehern.
»Hast du das auch gehört?«, rief sie Ulrich zu.
»Was denn?«
»Es klingt wie ein Pferd. Sei mal ruhig!«
Beide lauschten. Das Wiehern ertönte erneut. Noch eine Spur kläglicher, fand Finja. Es kam von etwas weiter unten. Finja kletterte hinab. Das Wiehern war nun ganz nahe. Finja stieg über einen großen Felsbrocken. Auf der anderen Seite schlugen ihr Flammen entgegen.
Kurz erschrak sie und wich zurück. Doch dann erkannte sie ein zitterndes Fohlen, dessen Mähne und Schweif aus Flammen bestanden. Ein Feuerfohlen! Finja kannte Feuerpferde. Ihr Freund Dak hatte sie einmal auf einem Ritt mitgenommen und seither teilte sie seine Bewunderung für diese edlen Tiere. Das Fohlen stand dicht an eine überhängende Felswand gedrängt, wo es sich wohl notdürftig vor dem Unwet-

ter geschützt hatte. Der Schweif allerdings, der ins Freie ragte, war bis auf zwei kleine Flammen erloschen.

»Ein Feuerpferd!«, rief Finja aus.

Als Antwort hörte sie wieder ein Wiehern. Diesmal, so meinte Finja, lag eine Bitte darin. Eine Bitte um Hilfe.

»Was willst du?«, fragte sie zärtlich und ging auf das Fohlen zu. Sie konnte nicht erkennen, was ihm fehlte. »Der Sturm ist vorüber«, flüsterte sie aufmunternd. »Du musst dich nicht mehr fürchten, du kannst nach Hause galoppieren.«

Das Feuerpferd bewegte sich nicht. Obwohl es nicht mehr regnete, presste es sich noch immer an den Felsen und starrte angstvoll in die Höhe. Finja folgte seinem Blick. Direkt über dem Fohlen sammelte sich Wasser in einem neu entstandenen Becken. Es staute sich hinter einer Mauer aus Geröll. Keine Frage: In nur wenigen Augenblicken würde die Mauer brechen und sich ein Schwall Wasser über das Feuerpferd ergießen. Finja wusste, welche Gefahr Wasser für ein Feuerpferd darstellte.

»Du musst weg hier!«, rief sie entsetzt. Sie sprang auf das Fohlen zu und klopfte ihm auf die Flanke, um es von der Felswand wegzuscheuchen. Doch es rührte sich kein bisschen.

»Was ist los? Du musst hier raus!«

Das Fohlen wieherte. Was hatte es nur? War es verletzt?

Finja sah sich die Beine an und erkannte, in welch verzweifelter Lage das Fohlen steckte: Einer seiner Hufe war zwischen zwei Felsbrocken eingeklemmt. Es konnte nicht weg! Es musste hier stehen und hilflos abwarten, bis das Wasser auf es stürzen würde.

»Ulrich!«, schrie Finja. »Ulrich, du musst helfen!«

Er war schon hinter ihr.

»Wir müssen es befreien! Wasser tötet Feuerpferde.«

Schon hatte Ulrich einen Felsbrocken gepackt. Die Sehnen traten an seinen Händen hervor, aber der Brocken war zu schwer. Finja fasste mit an. Es half nichts, die zwei mächtigen Steine, die den Huf eingeklemmt hatten, rührten sich nicht von der Stelle.

Verzweifelt sah Finja hinauf zu dem Wasserbecken. Bald würde es brechen. Da hatte sie eine Idee.

Sie ließ Ulrich alleine und kletterte den Felsen hinauf. Am Becken angekommen, ließ sie ihren Blick den Rand entlangwandern. Sie entdeckte ein Stelle ohne Felsbrocken. Ja, dachte sie, das würde klappen. Mit bloßen Händen grub sie hier, auf der Rückseite des entstandenen Beckens, einen Abfluss. Das Erdreich war weich und locker und sie kam schnell voran. Schon floss Wasser ab. Es rann auf der anderen Seite den Hügel hinab. Jetzt, wo es in die neue Richtung floss, half das Wasser mit seiner Kraft selbst mit. Es grub ein neues Bett in den Boden und drückte nicht mehr gegen die Wand aus Geröll, unter der das Fohlen stand.

Finja richtete sich auf und wischte sich mit dem Handrücken

die verschwitzten Haare aus dem Gesicht. Zumindest hatten sie jetzt Zeit gewonnen.
Die nächste gute Idee hatte Ulrich. Als Finja wieder bei ihm angekommen war, hatte er schon aus den umherliegenden Stämmen und Ästen zwei dicke Stangen gesucht: Ihre Enden klemmte er jetzt unter den einen Felsbrocken, der den Huf des Fohlens festhielt. Dann wies er Finja an, die eine Stange in die Tiefe zu drücken, er selbst stemmte sich gegen die andere. Tatsächlich: Der Brocken geriet ins Rollen. Der Huf war frei! Das Fohlen wieherte froh. Finja und Ulrich lachten auf. Doch gerade, als sie sich umarmen wollten, erhob sich ein Grollen. Erschrocken blickten sie sich um. Ein neues Unwetter? Aber nein, der Himmel strahlte im schönsten aramsischen Traumstaubblau. Was war das?
Finja spürte, wie der Boden unter ihr zitterte. Der vom Regen durchweichte Berg sackte noch weiter in sich zusammen. Geröllmassen stürzten tosend an ihnen vorbei. Zum Glück dauerte das Beben nicht lange. Die Brocken rollten aus und blieben im Flussbett liegen.
Als der Schreck vorbei war, sah Finja auf: Dort, wo sie den Übergang in die Menschenwelt hatten suchen wollen, war nichts mehr. Der Blick war frei in den herrlichen blauen aramsischen Himmel.

8. Der verbotene Blick

Dak saß mit angezogenen Beinen auf seiner Liege. Vier Bücher lagen aufgeschlagen vor ihm auf dem Boden. Er hatte hineingelesen, ja. Doch obwohl er schon seit Jahren darauf wartete, mehr über das Traumstreicherleben zu erfahren, hatte er sich nicht richtig darauf konzentrieren können.

Was war mit Kalini? Diese Frage ließ ihn nicht los.

Ob er zurückreiten sollte? Nach Spralka? Und das Fohlen suchen? Dann wäre es vorbei mit der Traumstreicherei. Er hatte es gerade gelesen, in den *Klosterregeln*. Dort stand unmissverständlich: »Der Novize darf sich nicht aus dem Gebäude des Klosters entfernen.«

Der Novize durfte überhaupt sehr wenig, dachte Dak. Er seufzte. Das Leben im Kloster war völlig anders, als er es sich vorgestellt hatte. Diese ganzen Regeln! Ver- und Gebote überall, und das nicht nur für Novizen. Auch die Mönche und Nonnen hatten sich an unendlich viele Dinge zu halten. »Es ist verboten, die Kapuze außerhalb Aramsis zurückzuschlagen«, hatte er gelesen. Gut, das konnte man noch damit begründen, dass es gefährlich war, sich in traumstaubfreien Gegenden ohne den Schutz der Kapuze zu bewegen. Aber die nächste Regel hatte Dak richtig wütend gemacht. »Ein Traumstreicher darf niemals mit einem Menschen reden.« Sollte das heißen, dass er als Traumstreicher nicht mehr mit Finja sprechen durfte?

Es sei schon vorgekommen, dass Menschen Traumstreicher gefangen genommen hätten, um jederzeit nach Aramsi blicken zu können, hieß es in dem Buch. Darum sei Geheimhaltung das Allerwichtigste. Dak hatte dafür nur ein müdes Lächeln übrig gehabt. Die Menschen waren doch nicht allesamt fiese Entführer!

Und doch: Es ging noch weiter mit solcherlei Dummheiten. Ein Traumstreicher durfte keinen Menschen mit nach Aramsi bringen. »Sie sollen von unserem Land träumen und es nicht bereisen. Denn nur bei dem träumenden Menschen können wir Traumstaub ernten.« Dak wurde immer noch ärgerlicher. All diese Regeln zum Schutz des Traumstaubs! Das kam ihm reichlich übertrieben vor. Er hatte das Buch auf den Boden geworfen und sich vorgenommen, erst einmal die *Techniken der Traumstreicherei* zu studieren. Doch bevor er sie auch nur aufgeschlagen hatte, rumorte schon wieder die Frage in seinem Kopf: Was war mit dem Fohlen geschehen? Dak versuchte, nicht an die herabstürzenden Wasserfälle zu denken. Er schlug das neue Buch auf.

Wieder schob sich ein Wasserfall vor sein inneres Auge. Wenn Kalini darunter geraten war . . .

Er klopfte mit der geballten Faust auf seine Liege. Er musste es herausfinden! Schließlich hatte er das Fohlen in diese gefährliche Gegend geführt. Es war seine Schuld! Vielleicht konnte er heimlich zurückreiten? Aber er wusste ja nicht einmal, wo Kleif, sein Feuerpferd, jetzt war. Wahrscheinlich hatte einer von Mormis Dienern es in den Stall der Großweberin gebracht. Dorthin würde er nicht unbemerkt gelangen. Am liebsten hätte Dak vor Hilflosigkeit laut geschrien.

Da kam ihm ein Gedanke. Der Weltenteppich! Unten im Kuppelsaal lag der Weltenteppich! Dort könnte er nachsehen. Der Weltenteppich zeigte schließlich nicht nur alles, was gerade in Aramsi geschah, nein, er lenkte auch den Blick des Betrachters auf das, was er sehen wollte. Ohne Zweifel würde ihm der Weltenteppich augenblicklich zeigen, was mit Kalini geschehen war.

Dak sprang auf. Und blieb im nächsten Moment wieder stehen. Auch das war ja für Novizen verboten, hatte Girimko gesagt.

Kein Blick auf den Weltenteppich! Dak erinnerte sich genau.

Aber halt. Er erinnerte sich zwar, dass Girimko es gesagt hatte, aber er erinnerte sich nicht, es in den *Klosterregeln* gelesen zu haben. Und zumindest das Kapitel »Regeln für Novizen« hatte er von vorne bis hinten durchgearbeitet! Hatte ihn der Meister belogen?

Aufgeregt griff Dak nach dem Buch, das vor seinen Füßen lag. Er schlug es ganz vorne auf. Die Regeln für Novizen waren auf den ersten drei Seiten aufgelistet.

Es ging natürlich los mit einem Riesen-Tamtam um den Traumstaub: »Gewinnung, Erhaltung und Schutz des Traumstaubs sind die höchsten Aufgaben des Traumstreichers. Ihnen hat der Novize sein Handeln unterzuordnen.« Dann hieß es: »Das Noviziat ist eine Zeit des Studiums und der inneren Einkehr. Der Novize soll so wenig Ablenkung wie möglich erfahren. Er darf seine Zelle nicht mehr als zwei Mal am Tag verlassen.« Dak verdrehte die Augen. »Der Novize darf sich nicht aus dem Gebäude des Klosters entfernen.« Er blätterte weiter. »Der Novize darf die Plattformen der Klostertürme nicht betreten.« Dak nickte, auch das hatte Girimko gesagt. Er blätterte zur letzten Seite. »Der Novize hat die Ordensbrüder und -schwestern mit einer stillen Verbeugung zu grüßen.« Und so weiter und so fort. Aber nirgends stand auch nur ein Wort über den Weltenteppich.

Misstrauen machte sich in Dak breit. Warum hatte Girimko ihm verboten, auf den Weltenteppich zu blicken? Wollte er ihm etwas verheimlichen? Was? Und warum?

Dak spürte wieder die Wut in sich aufsteigen. Wut auf Girimkos Stimme, die ihn zu einem Verhalten getrieben hatte, das er jetzt so bitter bereute. Girimko mochte der Meister der Traumstreicher sein und Dak würde ihm gegenüber allen Respekt zeigen, den ein Traumstreichermeister verdiente. Aber er würde sich nicht daran hindern lassen, das zu tun, was er für richtig hielt. Er musste einfach wissen, was mit Kalini geschehen war.

Dak schlich zur Tür. Er legte die Hand auf die Klinke. Da fiel sein Blick auf die Kutte. Sollte er sie anziehen und unsichtbar . . . ?

Nein, dann wäre alles verspielt. Er würde nie Traumstreicher werden können. Schließlich müsste er die Kutte nach seinem heimlichen Gang in den Kuppelsaal wieder ausziehen, und wer einmal ein Zaubergewand auszog, an dem würde es nie wieder wirken. Das wusste Dak nur zu gut. So war es ihm ja mit seinem blauen Wahrheiterhemd gegangen. Dak seufzte erneut. Hätte er das Wahrheiterhemd noch gehabt, hätte er gesehen, ob Girimko ihn anlog oder nicht. Und hätte ihm Girimko nur ein paar Minuten mehr gegönnt, dann hätte er den Gipfel des mulsanischen Berges erreicht und sich ein neues Zauberhemd wünschen können! Girimko! Dass ausgerechnet einer dieser undurchschaubaren Schattenschleicher der Meister aller Traumstreicher sein musste!

Dak schloss kurz die Augen und schüttelte den Kopf, um diesen Gedanken zu vertreiben. Er musste vorsichtig sein. Still und unauffällig. Darauf musste er sich konzentrieren. Er öffnete die Augen wieder und drückte vorsichtig die Klinke hinunter. Er stieß die Tür auf. Er spähte den schimmernden weißen Gang entlang. Niemand war zu sehen.

Auf Zehenspitzen huschte er bis zur Eingangshalle. Dort verbarg er sich hinter den glatten Säulen, bis zwei Traumstreicher an ihm vorbei zu einer Wendeltreppe gegangen waren. Er rannte den nächsten Gang entlang bis zum Kuppelsaal. Die Tür war verschlossen. Sie hatte kein Schloss und keine Klinke. Öffneten sich alle Türen im Kloster nur für diejenigen, die einen triftigen Grund hatten? Und wer entschied darüber, was wichtig genug war und was nicht? Laisia? Dak spürte, wie sein Herz heftig zu klopfen begann. Kannte die Pförtnerin seine geheimen Pläne? Was dann?

Dak verbarg sich im Eingang zu einer Wendeltreppe, er stieg zwei Stufen hinauf und atmete durch. Sollte er umdrehen? Er spähte auf die Flügeltür.

Vielleicht war Laisia ja auch auf seiner Seite und öffnete ihm? Wenn sie es überhaupt war, die hier im Kloster über die Türen wachte. Dak seufzte. Er fühlte sich so fremd!

Da spürte er einen leisen Luftzug. Die Tür! Sie öffnete sich. Ein Traumstreicher kam heraus. Er schien völlig in Gedanken versunken zu sein. Dak schob alle Bedenken zur Seite. Diese Chance würde er nutzen! Er schlich bis zum Mauervorsprung. Jetzt gleich? Die Tür begann schon wieder, sich zu schließen …

Dak wartete ab, bis der Traumstreicher an der dritten Säule vorbeigeschritten war. Dann rannte er los. Er huschte durch den verbleibenden schmalen Türspalt und stand im Kuppelsaal. Der runde Teppich breitete sich vor seinen Füßen aus. Das Licht, das durch die gläserne Kuppel fiel, bestrahlte ihn. Ein halbes Dutzend Traumstreicher stand darauf. Dak erstarrte. Vor ihnen konnte er sich nicht verbergen. Hier im Saal gab es keine Nische, keine Möbelstücke, kein Versteck! Er war darauf gefasst, dass ihn der nächststehende Traumstreicher – ein Mondscheingraber – am Ärmel packen und zu Girimko schleifen würde. Aber nichts geschah. Sie waren alle vollständig in ihre Aufgabe versunken und bemerkten den Novizen nicht.

Dak atmete tief durch. Wenn er einfach so tat, als dürfe er hier sein? Wenn er sich nichts anmerken ließ? Woher sollten die anderen Traumstreicher wissen, dass Girimko ihm verboten hatte, hierherzukommen? Mit zitternden Knien trat er auf den Teppich und blickte auf sein Muster. Zunächst sah er nichts anderes als eine gewebte Landkarte. Gebirge waren verzeichnet, Fahrwege markiert, Meere und Städte. Aber Dak wusste: Je konzentrierter er diese Karte studierte, desto lebendiger würde das Bild, das sich ihm zeigte.

Seine Augen suchten Spralka, das Land der Wasserfälle. Er

musste mehrere Schritte auf dem Teppich gehen, bis er es gefunden hatte. Aramsi war groß. Da entdeckte er einen großen blaugrünen Fleck. Das musste der mulsanische Berg sein und unter ihm, ja genau, da war eine geschlängelte blaue Linie. Sie konnte nichts anderes als den Wolwa-Fluss darstellen. Dak starrte ihn konzentriert an. Langsam wuchs ihm eine Landschaft aus Geröll und zerschmetterten Felsen entgegen. Was ist das?, fragte sich Dak. Stehe ich an der falschen Stelle? Wo sind die kegelförmigen Berge? Wo die Wasserfälle?

Er sah genauer hin und begriff: Der Sturm hatte fürchterlich gewütet. Überall erblickte er umgestürzte Bäume, nasses Geröll, umspült von Wasserläufen, die ihr ursprüngliches Bett nicht wiederfanden. Wo war Kalini? Jetzt entdeckte Dak den Abdruck von Hufen in der aufgewühlten Erde. Gleich, gleich würde er es wissen.

Seine Augen verfolgten die Hufspuren, daneben sah er Fußabdrücke. Sie führten zwischen dem, was von den Bergen übrig war, hindurch in die Richtung, in der das Tal der Feuerpferde lag. Dak schöpfte Hoffnung. Vielleicht war alles gut. Er hörte eine Stimme, warm und freundlich: »Komm, kleines Feuerfohlen, du schaffst es! Du musst es schaffen, du musst uns den Weg zu deiner Herde zeigen, wir kennen uns hier nicht aus.«

Dak zuckte zusammen. Das war Finjas Stimme! Ganz eindeutig. Was tat sie in Spralka? Mit den Augen folgte er dem

Weg und sah hinter dem nächsten abgerutschten Hügel seine Freundin aus der Menschenwelt vor dem zusammengebrochenen Fohlen Kalini knien!

Dak begann zu zittern. Kalini lebte! Und Finja tat, was eigentlich seine Aufgabe gewesen wäre: Sie brachte Kalini zurück zu seiner Herde. Ihm traten Tränen in die Augen vor Scham und Erleichterung. Doch dann bemerkte er, wie entkräftet Kalini aussah. Es war nicht sicher, ob das Fohlen den weiten Weg überstehen würde.

Auch Finja wirkte völlig erschöpft. Neben ihr stand noch ein anderer Mensch. Ein Mann, soweit Dak das beurteilen konnte, mit wirren weißen Haaren. Auch er versuchte, das Feuerpferd zu locken. »Komm, wenn wir aus dieser Gegend hinausfinden, wird uns bestimmt irgendjemand helfen!«

Kalini wieherte schwach. Das Fohlen drückte die zitternden Knie durch und machte tapsige Schritte. Finja und der Mann gingen langsam neben ihm her. »Wir werden es schaffen«, murmelte der Mann noch einmal. Es klang wie eine Beschwörung. »Wir finden aus dieser Verwüstung heraus. Wir werden Alvaira finden. Ihr werdet euch mögen. Alles wird gut!«

Geht einfach weiter geradeaus!, hätte Dak ihnen gerne zugeflüstert. Ihr seid auf dem richtigen Weg! Aber in diese Richtung wirkte der Weltenteppich nicht. Nur Dak konnte Kalini, Finja und den Mann hören und sehen. Er blieb für sie verborgen.

Jetzt hörte Dak, wie Finja seufzte. »Ich habe solchen Hunger!« Der Mann legte ihr die Hand auf die Schulter. »Wir schaffen es. Ich bin mir ganz sicher. Wir werden es schaffen!«
Dak schluchzte laut auf. Was hatte er angerichtet! »Ich komme!«, rief er. »Ich werde euch helfen! Ich verlasse das Kloster auf der Stelle.«
Er drehte sich um und wollte losrennen. Die Landschaft sackte in den Teppich zurück.

Da spürte Dak eine kalte Hand auf seiner Schulter. Direkt neben seinem Ohr hörte er eine Stimme: »Habe ich dir nicht gesagt, dass der Kuppelsaal für Novizen verboten ist?«
Dak sah auf und blickte fest in die trüben Augen des Traumstreichermeisters. »Ja, und ich möchte wissen, warum? In den Regeln steht nirgends, dass der Blick in den Teppich für Traumstreicherschüler verboten ist!«
Girimko lachte nervös. »Nein«, keifte er. »Das steht nirgends. Aber es steht dort, dass der Novize seinem Meister gehorchen muss. Immer!« Girimko krallte die Hände ineinander. Seine Augen glichen auf einmal nicht mehr trüben Tümpeln, sondern brodelnden Sümpfen.
»Aber warum?«, fragte Dak.
»Warum, warum! Das Küken verlangt Auskunft! Du musst noch so viel lernen! Eine der ersten Tugenden eines Traumstreichers ist Demut. Demut und Respekt vor den Entschei-

dungen der Alten. Ich weiß schon, warum ich dir den Blick in den Teppich verbiete. Um dich genau vor der Dummheit zu bewahren, die du jetzt begehen willst!«

»Welche Dummheit will ich begehen?«, stieß Dak wütend hervor.

»Du willst das Kloster verlassen, um diesem Menschenkind, dieser Finja, zu helfen.«

»Was soll daran dumm sein?«

»Denk an dich selbst. Wenn du jetzt wegläufst, wirst du nie mehr Traumstreicher werden können!«

»Das will ich auch nicht!«

»Oh, Leichtsinn der Jugend!« Girimko schlug in gespielter Verzweiflung die Hände über seinem Kopf zusammen. »Du wirst dich noch darüber freuen, dass ich dich festgehalten habe.«

Dak war empört darüber, wie besserwisserisch ihn dieser schwammige Girimko behandelte.

»Sie ist meine Freundin. Sie hat unser Land gerettet. Und jetzt gerade rettet sie das Feuerfohlen, das ich ins Unglück getrieben habe!« Er spürte einen Kloß im Hals. Dann stieß er hervor: »Wegen dir! Wegen dir und deiner unheimlichen Stimme!«

Girimko stieß ein Schnauben aus. »Sie hat uns gerettet. Wohl wahr, wohl wahr. Aber sie ist so unverständig wie du. Dieses Mal will sie uns nicht retten, sondern vernichten.«

»Vernichten? Niemals!«
»Hast du nicht gehört, wen sie suchen wollen? Das Mädchen und dieser weißhaarige Mann?«
»Sie sprachen von einer Alvaira«, antwortete Dak zögernd.
»Weißt du nicht, wer Alvaira ist?«
Dak schüttelte den Kopf.
»Dann mach dich sofort auf in deine Zelle und lies nach im Buch über die größten Feinde Aramsis! Dann wirst du erkennen, mit wem du es zu tun hast. Du leichtgläubiges Kind! Ich bin der Traumstreichermeister. Mir musst du glauben!«
Dak erstarrte. Das konnte nicht stimmen. Finja wollte einer Feindin Aramsis helfen? Nein. Unmöglich. Aber er hatte keinen Beweis. Er konnte Girimko nicht widersprechen. Er hob den Kopf und sah dem Schattenschleicher in seine wässrigen Augen. »Ich werde es nachlesen«, sagte er und es klang wie eine Drohung.

9. Die kalte Flamme

Finja sah kaum, wohin sie trat. Sie fühlte sich so schwach, dass ihr immer wieder die Lider zufielen und sie ein paar Schritte blind nach vorne stolperte. Zum Glück mussten sie nicht mehr so viel klettern und Wege durch Morast und Geröll suchen wie am Anfang ihres Marsches. Der größten Verwüstung waren sie entkommen. Dort, wo Ulrich, das Fohlen und sie jetzt gingen, schien der Sturm nicht so schlimm getobt zu haben. Ein Pfad war zu erkennen. Ab und zu ragten kegelförmige Hügel auf, die ganz geblieben waren. Und wenn man die Lider hob, konnte man am Ende des Tals im milden Abendlicht eine völlig unzerstörte Ebene erahnen. Bis dorthin wollten sie heute noch gehen. Dann würden sie ein Nachtlager suchen.

Sie sprachen kaum. Sie waren zu erschöpft.

Nur Ulrich murmelte manchmal »Alvaira!«, und griff nach

seiner Perle. Dann huschte sogar ein Lächeln über sein Gesicht. Finja musste sich wundern, wie zuversichtlich ihr Onkel in dieser ausweglosen Situation wirkte.
Sie selbst dachte an daheim. An Kati. Ob sie wohl schon gemerkt hatte, dass sie und Ulrich verschwunden waren? Bestimmt. Ob sie sich denken konnte, wo sie waren? Hatte sie vielleicht sogar im Brunnen nachgesehen? Wo war sie dann wohl gelandet? Wenn sie doch nur schon wieder zurück in Almsbach wären! Dann könnte Kati ihr alles erzählen.
Wenn, dachte Finja und ein kalter Schauer lief durch sie hindurch. *Wenn* wir überhaupt dorthin zurückfinden. Tränen traten ihr in die Augen. So verzweifelt hatte sie sich noch nie gefühlt. Woher sollte denn jetzt noch Hilfe kommen? Sie dachte wieder an Kati. Wie die Freundin an der Bushaltestelle gewartet hatte. Wie froh sie beide gewesen waren. Voller Glück und Vorfreude. Wie Kati das Drachenfeuer bewundert hatte.
Das Drachenfeuer! Finja griff in ihre Hosentasche. Sie fühlte die kalte Flamme. Das war eine Chance! Wenn es irgendwo in beiden Welten etwas gab, das zu ihr wollte, dann würde es den Weg durchs Drachenfeuer finden. Sie schloss die Hand um den kitzelnden Windhauch und zog die Faust heraus. Hoffentlich gab es etwas, das zu ihr wollte! Hoffentlich!
Sie öffnete die Hand.
Eine eisblaue Flamme loderte auf. Sie zischte und brodelte.

Ulrich stolperte vor Schreck. »Was ist denn das?«, rief er im Fallen.

Finja antwortete nicht. Sie sah bewundernd in das gleißende Licht. Es war einfach großartig. Es kam ihr ein bisschen so vor, als ob Farmarall neben ihr stünde und für sie eine besonders schöne Flamme spuckte. Dieses Gefühl gab ihr Kraft. Ich bin nicht alleine in Aramsi, dachte sie. Ich habe hier Freunde, und zwar Freunde mit Zauberkräften.

Als Ulrich sich aufrappelte, war die Flamme schon wieder in sich zusammengesunken.

Finja sah erwartungsvoll in ihre Hand. Dort lag etwas! Eine bräunliche Rolle. Sie fühlte sich an wie brüchiges Papier. In der Mitte war sie mit einem blutroten Siegel zusammengeklebt.

Stolz hielt Finja ihrem Onkel die Papierrolle entgegen.

»Unglaublich«, rief Ulrich. »Finja, wie hast du das gemacht?«

»Das war kaltes Drachenfeuer. Ich habe dir schon in Almsbach davon erzählt. Farmarall hat es mir geschenkt. Die Flamme bringt, was zu einem will.«

»Das ist die Rettung!« Ulrich lachte. »Ich bin mir sicher, das bringt uns die Rettung.« Er machte einen Schritt auf Finja zu und wollte sie umarmen.

»Jetzt warte erst einmal. Wir wissen doch überhaupt nicht, was das ist.«

Ulrich betastete die Rolle. »Fühlt sich an wie uraltes Pergament«, meinte er. »So was habe ich bisher nur in Bibliotheken gesehen.«

Finja nickte und versuchte trotz ihrer Entkräftung ein Lächeln.

»Sieht aus wie ein Brief. Komische Post haben sie in Aramsi.«

»Das kann man wohl sagen.« Urlich grinste.

»Von wem der Brief wohl kommt?«

Ulrich zuckte die Schultern. »Du hast doch Freunde in Aramsi.«

Finja sah Ulrich nachdenklich an. Es kam nur Dak infrage. Farmarall, der Drache, konnte schließlich nicht schreiben, und dass Mormi selbst einen Brief an sie schickte . . . Nein, das konnte sie sich nicht vorstellen.

»Aber woher sollte Dak wissen, dass ich Hilfe brauche?« Die Hoffnung, die gerade in ihr aufgekeimt war, erlosch wieder. Es war vollkommen unlogisch, anzunehmen, dass dieser Brief irgendetwas mit ihrem Problem zu tun hatte.

»Jetzt mach schon auf!«, drängte Ulrich. »Dann werden wir ja sehen.«

Finja brach das Siegel. Es knirschte und knackte. Rote Wachskrümel fielen wie Blutstropfen herunter. Das Feuerfohlen wieherte unruhig, als sie vor ihm auf dem Boden landeten. Finja hielt kurz inne. Aus irgendeinem Grund war ihr mulmig zumute.

10. Alvairas Verbrechen

Dak hatte sich eine Decke über die Schultern gehängt und das Buch auf die Knie gelegt. Es war schwer. *Die Feinde Aramsis* stand in düsterverschlungenen schwarzen Lettern auf dem Deckel. Dak öffnete das Buch und begann zu blättern. Zu jeder anderen Zeit hätte er hier und dort hineingelesen und sich von den spannenden Geschichten gefangen nehmen lassen. Hier waren sie alle versammelt: Aramsis schlimmste Verbrecher, Unholde und Bestien, fiese Betrüger und hinterlistige Mörder. Es gab ein ganzes Kapitel über Drachen und deren Zähmung und gleich fünf Kapitel über die Dunkelfürstin Itzika und ihre Versuche, Aramsi zurückzuerobern.

Schließlich war sie die schlimmste und älteste Feindin Aramsis und ließ keinen Versuch aus, das Land anzugreifen. Sie war uralt, älter als das ganze aramsische Reich. Früher – als es noch keinen Traumstaub gab – hatte sie hier gelebt. Zusammen mit ihren Untergebenen, den Dunkelwesen, Trugbildern und Geistern. Das waren allesamt grauenhafte Geschöpfe, die nichts mochten außer Tod und Verwesung. Diese Wesen hatten dafür gesorgt, dass in Aramsi nichts gedieh, dass das ganze Land nur aus Stein und Asche bestand. Die Aramser selbst hatten sich damals in Höhlen verkrochen oder in den Staub gegraben und sich sonst irgendwie vor den Geistern verborgen.

Doch dann war die erste Traumstreicherin nach Aramsi gekommen und hatte ihre Hände abgeklopft. Die ersten Körnchen Traumstaub segelten durch die aramsische Luft, wirbelten empor und ließen den Himmel blau glitzern.

Die Staubkörnchen krochen Itzika und ihren Untergebenen beißend in den Hals. Die Geister, Dunkelwesen und Trugbilder mussten husten und würgen, und da die Traumstreicherin immer mehr Traumstaub brachte, krochen nun sie unter die Erde. Die Aramser dagegen kamen aus ihren Verstecken hervor. Und während unter dem glitzernden blauen Himmel nun das wunderschöne aramsische Reich entstand, errichteten Geister, Dunkelwesen und Trugbilder im Innern der Erde Itzikas gruselige Burg.

Die Dunkelfürstin schäumte vor Wut. Und bevor sie in ihr neues Reich hinabstieg, bündelte sie all ihre Zauberkräfte zu einem letzten großen Fluch: »Alle aramsischen Wesen sollen

ohne diesen furchtbaren Traumstaub nicht mehr leben können! Sie sollen ersticken an traumstaubfreier Luft! Es soll ihnen schlimmer ergehen als uns im Traumstaub. Sie sollen röcheln und würgen und sterben!«
Doch diese Rache genügte ihr nicht. Sie wollte ihr Land zurück. Und so kehrten die Unterweltler in regelmäßigen Abständen mit immer neuen Plänen wieder, um Aramsi unter ihre Herrschaft zu bekommen. Jeder dieser Pläne war in dem Buch aufgelistet.

Dak konnte der Versuchung nicht widerstehen. Er musste nachschauen, ob auch etwas über Itzikas Versuch, ganz Aramsi mit dem schwarzen Gewand zu versteinern, in diesem Buch stand. Schließlich hatte er das gemeinsam mit Finja verhindert! Mit fahrigen Fingern blätterte er. Vielleicht war hier sein eigener Name abgedruckt! Er überflog die Seiten. Nein, sagte er sich dann, um seine Hoffnung zu dämpfen. Es war ja noch nicht einmal ein Jahr her, dass Finja und er in Itzikas Burg eingedrungen waren und der Dunkelfürstin die schwarze Spinne entrissen hatten. Dieses staubige Buch aber wirkte so, als läge es schon seit Jahrhunderten in der Bibliothek des Klosters.
Doch halt! Da! Tatsächlich. Da stand es: »Versteinerung mithilfe des schwarzen Gewandes«. Daks Augen rasten die Zeilen entlang. Ihr ganzes Abenteuer war beschrieben: Wie sie

die steinernen Speere überwunden und den Düsterwald durchquert hatten. Wie sie nacheinander in die Burg hinabgestiegen waren und Itzika überlistet hatten. Im letzten Absatz hieß es: *Die Rettung verdankt Aramsi dem Wahrheiterjungen Dak und dem Menschenmädchen Finja.*

Dak ließ das Buch sinken. Er war stolz. Sehr stolz. Sie waren aramsische Helden. Er und Finja. Da stand es schwarz auf weiß und jeder konnte es nachlesen. Sollte er das vielleicht Girimko zeigen? Damit der Traumstreichermeister merkte, wen er eigentlich verdächtigte? Dak nahm sich vor, dem Meister diesen Absatz unter die Nase zu halten, wenn er kam, um ihn zu unterrichten.

Er war sich jetzt sicher, dass auch die Sache mit dieser Alvaira in wenigen Minuten aufgeklärt sein würde. Es konnte ja gar nicht sein, dass eine Heldin Aramsis, die sogar in einem so wichtigen Buch verzeichnet war, gleichzeitig einer Feindin des Landes half.

Er blätterte weiter bis zum Kapitel »Sonstige Verräter«. Der Eintrag über Alvaira war verhältnismäßig kurz und befand sich gleich auf der ersten Seite. Dak hob das Buch an und begann zu lesen: »Alvaira, Verle aus dem Land Laurulin, geboren im Jahr der silbernen Sonnenstrahlen. Im Jahr des hellblauen Morgentaus wurde sie in den Traumstreicherorden aufgenommen. Alvaira ist schuldig mehrerer schwerer Verbrechen:

1. Missbräuchliche Nutzung der Traumstreicherkutte
2. Betreten verbotener Orte
3. Versuchte Vernichtung Aramsis.«

Das Buch rutschte Dak aus der Hand und fiel schwer auf seine Schenkel. Dak bemerkte den harten Schlag gar nicht, so bestürzt war er. Es stimmte. Girimko hatte recht. War er doch nicht der gemeine, herrschsüchtige Bestimmer, für den Dak ihn gehalten hatte?

Finja suchte eine Feindin Aramsis. Warum? Was hatte diese Alvaira nur getan? Fieberhaft las er weiter.

»Alvaira wurde im Jahr des träumenden Drachen ertappt, wie sie mit übergestülpter Traumstreicherkapuze zum Rad der Zeit vordrang. Die Verle wurde von einem der Wächter entdeckt, als sie das Rad zurückdrehen wollte. Der Retter ist . . .«

Dak sah auf. Das war schlimm. Das war ein unverzeihliches Verbrechen. Am Rad der Zeit zu drehen war so ungefähr das Verbotenste, das man sich vorstellen konnte. Aus gutem Grund! Alles würde durcheinandergeraten, wenn die Zeit mal vor- und mal zurückgedreht wurde. Vor allem aber musste Aramsi davor geschützt werden, wieder in den traumstaublosen Zeiten zu landen!

Itzika selbst hatte oft genug versucht, das Rad zurückzudrehen. Aber die Aramser hatten es gut geschützt: Das Rad stand auf dem Felsen Forcul, einer steil aufragenden Klippe mitten im dornigen Meer am südlichsten Rand Aramsis – also eigentlich unerreichbar. Und schon die erste Großweberin Aramsis hatte einen Zauberstoff gewebt, der sich von Dunkelwesen, Trugbildern und Geistern nicht bewegen ließ. Nicht einen Fingerbreit. Ein Zelt aus diesem Stoff umhüllte das Rad.

Und doch! Itzika hatte mehrfach versucht, aramsische Wesen zu bestechen, damit sie das Zelt öffneten. Daraufhin hatte der damalige Traumstreichermeister beschlossen, einen zweiten Schutzring um das Rad der Zeit anzulegen: eine Schicht aus traumstaubfreier Luft. So konnten auch Aramser nicht zum Rad der Zeit vordringen. Dak lächelte: Das war eigentlich ein perfekter Schutz. Und gerade vorhin, als er im Buch *Aufgaben der Traumstreicher* geblättert hatte, war ihm in die Augen gestochen, dass es noch eine dritte – geheime – Sicherung gab: durch unsichtbare Wächter. Zwei Traumstreicher mit übergestülpter Kapuze befanden sich auf Forcul und bewachten das Zelt Tag und Nacht.

Wie hatte es Alvaira nur geschafft ...? Aber natürlich, dachte Dak. Sie war ja selbst eine Traumstreicherin. Sie hatte sich unsichtbar gemacht, sodass die Wächter sie nicht sehen konnten, sie hatte den Stoff angehoben und war ins Zelt eingetreten, sie war durch die traumstaubfreie Schicht gewandert und hatte dank der Kapuze weiteratmen können – eigentlich sehr einfach.

Und dann? Dak sah wieder in sein Buch. Ein Traumstreicher namens Gulko hatte Geräusche gehört, war ins Zelt gerannt und hatte Alvaira festgenommen, bevor sie das Rad der Zeit zurückdrehen konnte.
Dak schlug das Buch zu und starrte vor sich hin. Er fühlte sich vollkommen leer. Warum suchte seine Freundin Finja nach einer Feindin Aramsis? Er fühlte sich hintergangen. Er hätte beinahe seine Zukunft als Traumstreicher für sie aufs Spiel gesetzt und Finja machte gemeinsame Sache mit einer Verle, die seine Welt hatte zerstören wollen.
Er klappte das Buch wieder auf. »Die Traumstreicherin Alvaira wurde abgeführt. Ihre Kutte wurde in Gewahrsam genommen. Im Gefangenengewand wurde sie für den Rest ihres Lebens im schwarzen Turm eingesperrt.«
Richtig, dachte Dak, so musste man es machen mit einer Verräterin, die Aramsi vernichten wollte. Wieder spürte er Wut auf Finja. Gleichzeitig begann er, Girimko in einem neuen Licht zu sehen. Vielleicht benahm sich der Traumstreichermeister ja nur aus Sorge um Aramsi so gemein.
Die nervöse Stimme fiel ihm ein, der gehetzte Blick. Wahrscheinlich hatte Girimko wirklich Angst um sein Land!
Trotzdem, dachte Dak dann. Girimko hätte ja auch gleich mit ihm reden und ihm alles sagen können. So hätte es ein Wahrheiter gemacht. Aber Schattenschleicher . . . Schattenschleicher suchten immer zwielichtige Wege.

Dak ließ sich seitwärts auf die Liege fallen und hämmerte mit den Fäusten darauf. Warum? Warum gab es niemanden mehr, dem er rückhaltlos vertrauen konnte?
Dak drehte sich zur Wand. Am liebsten wollte er gar nichts von der ganzen Sache wissen. Nicht darüber nachdenken, keine Wut haben. Einfach nur im Kloster sein und sich auf die Prüfung vorbereiten. So, wie er es sich früher in seinen Träumen ausgemalt hatte.
Er beschloss zu schlafen. Morgen würde alles anders aussehen. Ein neuer Tag würde beginnen und er würde seine Bücher studieren. Er würde auf Girimko warten, der ihm am Abend praktischen Traumstreicher-Unterricht geben wollte. Er würde Finja aus seinem Gedächtnis streichen. Genau. Er würde einfach nie wieder an sie denken.
Er zog sich die Decke über die Schulter und schloss die Augen. Bald fiel er in einen Dämmerzustand. Doch gerade, als er in tiefen Schlaf zu sinken begann, tauchte Kalini vor seinen Augen auf. Schwach und zitternd, mit ängstlich glänzenden Augen. So wie er das Fohlen auf dem Weltenteppich gesehen hatte.
Dak schüttelte ärgerlich den Kopf. Er hatte genug über all diese Dinge nachgedacht. Er wollte das jetzt nicht mehr. Girimko hatte recht, das war bewiesen!
Er drehte sich auf die andere Seite. Kaum hatte er die Augen geschlossen, sah er wieder Kalini. Und Finja, die – selbst mit

zerrissenen Kleidern und von Erschöpfung gezeichnet – dem schwachen Fohlen auf die Beine half. Dak spürte einen stechenden Schmerz in seiner Brust.

Er ballte die Fäuste. So ging das nicht! So konnte er nicht einschlafen! Er kniff die Augen fest zu. Doch das Bild von Finja ließ ihn nicht los. Sie hatte Kalini geholfen. Dem Fohlen, das er allein im tobenden Sturm zurückgelassen hatte. Girimko musste sich irren.

Finja war nicht böse! Und sie war erst recht keine Verräterin! Dak setzte sich auf. Ein neuer Gedanke schoss durch seinen Kopf: Vielleicht war es ein Missverständnis? Vielleicht wusste Finja gar nicht, was Alvaira getan hatte? Oder sie wollte ihr gar nicht helfen, sondern musste sie aus irgendeinem anderen Grund finden?

Dass sie nach der Verräterin suchte, hieß ja noch lange nicht, dass sie sie befreien wollte. Genau! Dak stand auf. Es konnte auch gut sein, dass Finja und dieser weißhaarige Mann irgendeiner gemeinen Lüge aufgesessen waren. Dass jemand sie betrogen hatte.

Dann brauchten sie Hilfe! Jemand musste ihnen sagen, mit wem sie es zu tun hatten. Sonst liefen sie der bösen Verräterin direkt in die Arme. Er, Dak, musste sie davon abhalten. Das war das Mindeste an Wiedergutmachung, das er leisten konnte.

Er stürmte zur Tür. Mochte Girimko sagen, was er wollte. Er würde jetzt zu Finja reiten. Er drückte die Klinke.

Doch dann hielt er inne. Er musste es heimlich tun. Der Traumstreichermeister würde ihn sonst an seinem Plan hindern. Dak dachte an den brodelnden Blick Girimkos. Er war sich sicher, dass der Traumsteichermeister ihn mit Gewalt festhalten würde, wenn er wüsste, dass Dak zu Finja aufbrach.

Es blieb nur eine Möglichkeit. Dak ging einen Schritt auf den Kleiderhaken zu. Weißes Mondlicht fiel in die Zelle. Es beleuchtete die Kutte und ließ ihren grauen Stoff weich und silbrig erscheinen. Er nahm die Kutte vom Haken und schlüpfte hinein. Dann zog er die Kapuze über seinen Kopf. Augenblicklich sah nicht einmal er selbst mehr seinen Körper.

11. Reise durch die Nacht

Finja rollte das Pergament aus. Es war mit pechschwarzen Buchstaben beschrieben, deren ausladende Striche und Schnörkel Finja vorkamen wie Spinnenbeine. Sie bekam eine Gänsehaut.

»Lies laut!«, bat Ulrich.

Finja nickte. Der Mond war mittlerweile aufgegangen. Groß und rund und milchig spendete er gerade so viel Licht, dass sie die Schrift gut lesen konnte.

»Liebe Freunde Alvairas«, begann Finja. »Es schmerzt mich sehr, euch mitteilen zu müssen, dass Alvaira im schwarzen Turm, dem fürchterlichsten Gefängnis Aramsis, gefangen gehalten wird.«

Sie stockte. Im fürchterlichsten Gefängnis Aramsis? Wieso denn das? Erschrocken sah sie zu Ulrich. Er war so blass geworden wie der Mond.

»Wieso?«, fragte er hastig. »Steht da auch, wieso?«
Finja las weiter.
»Sie leidet dort schrecklich.«
Ulrich stöhnte auf, als habe man ihn geschlagen.
Finja biss sich auf die Lippen. Sollte sie erst leise lesen und ihrem Onkel die schlimmsten Sachen gar nicht erzählen?
Doch da drängte er schon: »Weiter! Lies weiter!«
»All das geschieht mit Wissen und Einverständnis des Traumstreichermeisters Girimko und der Großweberin Mormi. Sie sind die wahren Feinde. Haltet euch daher nicht an ihre Wünsche und Befehle.« Jetzt stockte Finja. Mit Wissen Mormis? Das konnte doch nicht sein! Die Großweberin war streng – aber nicht böse. Sie würde niemanden unschuldig im Gefängnis darben lassen. Oder?
Wer hatte diesen Brief geschrieben? Finjas Augen rasten nach unten. »Ein guter Freund«, stand dort. Nichts weiter. Ein guter Freund. Wer sollte das sein? Sie hatte nur einen richtig guten Freund in Aramsi, der dafür infrage kam. Das war Dak. Wenn er den Brief geschrieben hatte, warum unterschrieb er dann nicht mit seinem Namen? In Finjas Kopf drehten sich die Gedanken wie wild im Kreis. Was sollte das alles?
»Lies weiter!«, hörte sie Ulrichs Stimme.
Sie nickte. »Kriecht in einen der vom Sturm geöffneten Krater in Spralka, dort werdet ihr einen Schattenstrudel finden. Schreibt *nach Forcul* in den Staub, und in Windeseile werdet

ihr Hilfe erfahren. In Forcul seid ihr willkommen. Ein gedeckter Tisch wartet auf euch.
Seid gegrüßt. Ein guter Freund.«

Finja ließ den Brief sinken. Drei Wörter überlagerten all die unglaublichen Neuigkeiten. Ein gedeckter Tisch! *Ein gedeckter Tisch!* Ihr Magen knurrte so laut, wie gestern der Donner gegrollt hatte. *Ein gedeckter Tisch!* Sie sah sich um und erblickte sofort einen Hügel, dessen Kuppe der Sturm abgesägt hatte. Dort, wo früher der Wasserfall herausgesprudelt war, klaffte jetzt ein Loch. *Ein gedeckter Tisch!*, dachte Finja und wollte schon den ersten Schritt machen.
»Alvaira! Gefangen!«, hörte sie da ihren Onkel stöhnen. »Wir müssen sofort tun, was in dem Brief steht!«
Diese Worte weckten Finja aus ihrer Trance. »Nein!«, sagte sie. »Wir wissen nicht einmal, wer den Brief geschrieben hat.«
»Ein Freund! Steht doch da«, entgegnete Ulrich. »Du hast doch Freunde in Aramsi!«
»Einen. Und Dak würde seinen Namen nennen.«
»Vielleicht kann er nicht. Er schreibt ja, was für mächtige Feinde wir haben. Vielleicht muss er sich tarnen.«
»Das glaube ich nicht. Dak würde sich nie gegen Mormi wenden.« Oder doch? Finja war sich nicht so sicher, wie sie ihrem Onkel gegenüber vorgab. Den Drachenritt hatten sie und Dak schließlich auch geplant, obwohl sie vermutet hatten,

dass Mormi dagegen sein würde. Kam der Brief von Dak? Es gab so viel zu bedenken.

Ulrich dagegen schien einfach jedes Wort aus dem Brief zu glauben. »Es ist ja auch egal, wer den Brief geschrieben hat!«, rief er aufgebracht. »Tatsache ist, dass wir Alvaira helfen müssen. Jetzt, wo wir wissen, dass sie gefangen ist.«

»Ja, aber . . .« Finja hatte ein schlechtes Gefühl. Irgendetwas stimmte nicht mit dem Brief. »Woher weiß der Briefschreiber, dass wir hier sind?«

»Ach, Finja, das werden wir schon irgendwann erfahren, darum müssen wir uns doch jetzt nicht kümmern.« Ihr Onkel wurde ungeduldig. »Also, was genau müssen wir machen? Wo müssen wir hingehen?«

»Wir sollen in einen der vom Sturm aufgerissenen Krater kriechen und dort einen Schattenstrudel finden.« Beim Wort *Schattenstrudel* überlief es Finja kalt – und sie wusste mit einem Mal, woher ihr schlechtes Gefühl kam. Auf ihrer letzten Reise nach Aramsi war sie nämlich in einen Schattenstrudel geraten. Diese Strudel aus Dreck und Staub waren Fortbewegungsmittel, die Geister, Trugbilder und Dunkelwesen benutzten. Sie sogen einen in die Erde hinein und spuckten einen woanders wieder aus. Allerdings funktionierte das nur zwischen zwei unterirdischen Orten. Und unter der Erde Aramsis lebten nun mal hauptsächlich Itzikas Geschöpfe.

»Ich glaube, wir sollten das nicht tun«, sagte Finja langsam.

»Warum nicht?«
»Itzikas Diener benutzen Schattenstrudel.«
»Ja und?«
»Ich glaube, dass dieser Brief aus Itzikas Welt kommt. Niemand sonst würde mit Schattenstrudeln reisen.«
»Und wenn schon!«
»Wenn der Brief aus Itzikas Reich stammt, dann glaube ich, dass wir dem, was darin steht, nicht trauen dürfen.«
Ulrich schwieg. Er dachte nach. »Außer diesem Schattenstrudel steht nichts drin, was dir verdächtig vorkommt?«
Finja schüttelte den Kopf.
Ulrich schaute sie lange an. Dann legte er seine Hände auf Finjas Schultern: »Und was, wenn alles stimmt, was in dem Brief steht?«
Finja zögerte. »Dann, dann . . .«
»Dann ist es unverzeihlich, wenn wir Alvaira nicht helfen!«
Ulrich stand auf. »Wo finde ich diesen Schattenstrudel und was muss ich genau machen?«
»Wie meinst du das?«
»Ich gehe allein! Du kannst hierbleiben. Ich werde keine Chance ungenutzt lassen, Alvaira zu helfen.«
»Aber Ulrich!« Was Finja spürte, war mehr als die Angst vor Itzikas Reich. Es war auch . . . Eifersucht. Für Alvaira nahm ihr Onkel alles auf sich. Und sie würde er einfach so hier sitzen lassen.

»Das kannst du nicht machen, das ist viel zu gefährlich!«
»Doch, ich mache das.«
»Und es ist gemein! Erst habe ich dich aus der Erstarrung erlöst und dann bist du einfach weggerannt. Dann wollte ich dir helfen und jetzt rennst du schon wieder weg. Das ist nicht fair. Was soll ich denn machen? Hier alleine sitzen bleiben und verhungern? Nur wegen deiner Alvaira? Wer hilft denn mir?«
Ulrich schwieg. Er machte einen Schritt auf Finja zu und strich ihr über die Haare. »Aber das ist es ja eben, Finja. Wenn wir hier bleiben, haben wir doch auch keine Chance. Wir brauchen Hilfe. Wir brauchen Ratschläge. Und der Brief gibt uns einen.« Er zog Finjas Kopf an seine Brust. »Komm doch mit, Finja. Bitte!« Ein Lächeln huschte über sein erschöpftes Gesicht. »Denk an den gedeckten Tisch.«
Finja schluckte. Sie konnte nichts entgegnen. Was nutzte es, Itzika zu entkommen, wenn sie hier verhungern mussten? Und eine bessere Idee hatte sie auch nicht parat.
Dak eilte durch die Nacht. Den Weg ins Tal der Feuerpferde und weiter nach Spralka kannte er gut. Aber so wie jetzt hatte er ihn noch nie zurückgelegt. Mit Traumstreicherschritten war alles anders. Es kam ihm gar nicht so vor, als schritte er durch die Landschaft, sondern als ließe er die einzelnen Gegenden in Gedanken an sich vorbeiziehen: die Ebene vor Zatran, die schlafend im Mondlicht lag. Den Fluss Golvina, der

rauschte und raunte, als erzählten die Wellen ein altes Märchen. Er sah das rote Tor vor sich, durch dessen Öffnung die Golvina als wilder Wasserfall schoss, und dahinter die wandernden Flüsse, die unentwegt neue schimmernde Wasserläufe bildeten. Dak kamen sie vor wie lebendige aramsische Zauberwesen, die ihre Arme mal hier- und mal dorthin streckten. Er ließ die steilen Felswände der Krawankelschlucht an sich vorbeiziehen, bis sie so nah aneinanderreichten, dass Dak die Arme einziehen musste. Und dann erschien das Verbrannte Land vor ihm, das Tal der Feuerpferde. Es war flach, wie mit Asche bestreut, und in der Mitte ragten die Zelte der Scherwekas empor. Dak ließ auch sie an sich vorbeigleiten. Kegelförmige Hügel tauchten in der Ferne auf. Die meisten von ihnen waren zerstört. Aber Dak konnte deutlich den kleinen Pfad erkennen, der aus Spralka hinaus ins Verbrannte Land führte. Den Pfad, auf dem er Finja, Kalini und den Mann gesehen hatte. Hier musste er sie finden.

»Und was machen wir mit dem Fohlen?« Finja sah ihren Onkel an. Er konnte nicht wollen, dass sie es alleinließen. Oder doch? Er sagte nichts. Er schien mit sich zu ringen.
»Ich weiß nicht, ob wir ihm wirklich helfen, wenn wir es mitnehmen. Vielleicht ist es besser, wir lassen es einfach hier.«
Also doch! Er hielt das kleine, zitternde, hilfsbedürftige Tier für nichts weiter als eine Belastung.

»Haben wir es dafür vor dem Wasser gerettet?«, fragte Finja böse.
Ulrichs Augen wurden dunkel und traurig. »Nein, Finja, so meine ich es nicht. Aber schau, es ist ein wildes Tier, es ist gewohnt, sich alleine zurechtzufinden. Und ich bin mir sicher, dass es nicht allzu weit entfernt von hier lebt. Es wird nach Hause finden. Von hier aus eher, als wenn wir es mitnehmen.«
Finja schwieg. Es klang richtig, was Ulrich sagte, auch wenn sie es nicht wahrhaben wollte. Sie schlang ihre Arme um den Hals des Fohlens, ohne sich vor der flammenden Mähne in Acht zu nehmen. Sie brauchte es nicht. Das Fohlen zog von selbst die Flammen ein. »Auf Wiedersehen«, flüsterte Finja ihm ins Ohr. Dann ging sie mit Ulrich gemeinsam auf den Krater zu.

Dak betrat den schmalen Weg. Seinem Gefühl nach hätten Finja, Kalini und der Mann längst hier auftauchen müssen. Wo waren sie? Waren sie vor Erschöpfung zusammengebrochen? Kam er zu spät?
Jetzt sah Dak einen schwach glimmenden Punkt. Ihm blieb das Herz vor Freude stehen, als er diesen Punkt bemerkte. Das konnte nur . . . das musste . . . Er beschleunigte seinen Schritt. Ja, das war Kalini!
Dak umarmte das Fohlen. »Du lebst!«, rief er glücklich. »Du

lebst!« Er schloss kurz die Augen und spürte, wie die Dankbarkeit ihn von den Federn bis zur Fußsohle erfüllte. Er war nicht schuld am Tod eines Feuerfohlens! Was hatte er für ein Glück! Dank Finja! Er öffnete die Augen. Er wollte ihr danken. Sie musste doch irgendwo in der Nähe sein. »Finja?«, rief er in die Nacht. »Finja, wo bist du?«

Finja und Ulrich waren auf dem Boden des Kraters angekommen. Der Schattenstrudel war nicht leicht zu sehen, aber Finja erkannte ihn: Es war nichts weiter als ein Kreis aus grauem Staub und Asche.

Finja trat hinein. »Wir müssen uns hier hineinstellen und dann unser Ziel mit dem Finger in die Asche schreiben«, erklärte sie ihrem Onkel. »Dann zieht uns ein Strudel in die Erde hinein und spuckt uns an der gewünschten Stelle wieder aus.« Sie schauderte. Mit einem Schattenstrudel zu reisen, war keine besonders angenehme Sache. Um genau zu sein, hatte Finja es sogar als äußerst gruselig in Erinnerung. Ein Sog erfasste einen und zog einen durch Staub und Dreck. Man konnte sich nicht dagegen wehren, sondern war den Kräften des Strudels völlig ausgeliefert und musste hoffen, dass man am richtigen Ziel landete. Finja schluckte.

Ulrich stellte sich neben Finja. Er hielt ihre linke Hand, während Finja mit dem Zeigefinger der rechten Hand die Buchstaben zeichnete.

Dak sah Fußspuren im Matsch. Menschliche Fußspuren. Sie führten zu einer der zerstörten Bergkuppen. »Warte hier«, flüsterte er Kalini zu. Dann kletterte er hinauf.

Ein Sturm aus Asche und Staub erhob sich um Ulrich und Finja. Sie sahen nichts als umherwirbelndes Grau. Ein unheimlicher Sog erfasste sie. Sie krallten ihre Hände ineinander und wurden in die Tiefe gezogen.

Dak sah eine Staubwolke auf dem Boden des Kraters, die langsam wieder niedersank. Ein Schattenstrudel, dachte er und kurz plusterten sich seine Federn vor Grausen auf. Er ging darauf zu. Er las die Buchstaben. »Nach Forcul«, murmelte er. Was wollten Finja und der Mann auf Forcul? Seine Federn stellten sich erneut auf: Waren sie doch Verräter?

12. Das Rad der Zeit

Finja hatte die Augen geschlossen. Sie fühlte den Sog, spürte, wie sie durch enge Gänge gezogen wurde, spürte vor allem Ulrichs Hand. An ihr klammerte sie sich fest. Natürlich konnte ihr der Onkel nicht helfen, aber trotzdem gab es ihr Trost und ein kleines bisschen Sicherheit, dass er da war. Dann ließ der Sog nach. Finja landete. Weich. Auf einem Sitzkissen.

Sie öffnete die Augen und sah vor sich einen Tisch und auf dem Tisch eine große Schüssel Vanillepudding. Vanillepudding! Das war ihre Leibspeise. Dass es so etwas in Aramsi gab!

Sie lächelte und spürte, wie ihr das Wasser im Mund zusammenlief. Vielleicht war es ja nur so etwas Ähnliches, dachte sie dann. Aber bestimmt war es lecker. Die Schüssel stand auf einer Tafel, die über und über bedeckt war mit aramsischen

Köstlichkeiten. Zum Teil kannte Finja sie von früheren Reisen: gefüllte Ringeltrauben, geraspelte Proklawurzeln mit Meerschaum, Hundertfrüchtesuppe, Knorpbällchen, Wisperbirkenbrot.

»Das hat sich auf jeden Fall gelohnt«, hörte sie Ulrichs Stimme. Finja ließ seine Hand los und stürmte zu dem gedeckten Tisch. Als Erstes nahm sie sich ein dickes, mit Kräutern und Käse belegtes Wisperbirkenbrot. Es schmeckte unbeschreiblich gut! Und es gab Kraft!

Finja kaute und sah sich währenddessen um. Der gedeckte Tisch stand in einem niedrigen, fensterlosen, aber dennoch sehr gemütlichen Raum. Im Kamin brannte ein Feuer und auf dem Tisch leuchteten zwei Kerzen.

Auf einmal knarzte die Holztür und eine Frau trat ein. Finja sah sie an und war erleichtert: Der Frau wuchsen blaue Federn und sie trug ein blaues Wahrheiterhemd.

Besser hätte es nicht kommen können. Wenn sie bei Wahrheitern gelandet waren, dann war alles gut! Ihnen konnte man rückhaltlos vertrauen. Dadurch, dass sie Lügen erkennen konnten, empfanden sie eine solche Abscheu gegen jede Art von Flunkerei, dass sie selbst nur die Wahrheit sprachen. Finja war glücklich. Da war jemand, der ihnen sagen konnte, was sie tun sollten.

»Na, dir schmeckt es aber«, sagte die Frau freundlich und kam näher.

Finja war es ein bisschen peinlich, dass sie schon aß, ohne gefragt zu haben. »Ich hatte so furchtbaren Hunger . . . Da habe ich mir einfach genommen, durfte ich . . .«

»Aber natürlich! Für euch habe ich den Tisch ja gedeckt.« Sie wandte sich an Ulrich: »Auch für Sie, verehrter Menschenmann!«

Ulrich ließ sich das nicht zweimal sagen. Sofort nahm er sich einen Stapel Brote.

»Stärkt euch nur, greift zu. Ihr habt noch eine schwere Aufgabe vor euch.«

»Wieso?«, fragte Finja mit vollem Mund.

»Na, ihr wollt doch sicherlich eure Freundin Alvaira retten?«, fragte die Frau mit einem freundlichen Lächeln.

»Ja!«, rief Ulrich. »Das wollen wir. Wissen Sie, wo sie ist und wie wir zu ihr finden?«

Die Frau nickte. »Ja, das weiß ich. Und ich habe auch eine Idee, wie ihr sie ganz leicht befreien könnt.«

»Wieso ist sie überhaupt eingesperrt?«, fragte Finja. »Sie hat doch nichts getan? Oder?«

»Nein, nichts! Das ist es ja eben«, antwortete die Frau. »Ich würde mir meine Federn einzeln rupfen lassen, wenn es so wäre. Nein, nein, Alvaira ist völlig unschuldig und wartet auf Rettung.«

»Und warum ist sie dann gefangen?«

»Ach, dieser widerliche Traumstreichermeister Girimko und

diese unerbittliche Großweberin Mormi! Was weiß ich, warum sie so ein unschuldiges Wesen einsperren. Das sind böse Leute, sage ich euch, ganz böse Leute!«

Finja ließ ihr Brot sinken. In der Stimme der Frau lag so viel Hass! Finjas Mund wurde so trocken, dass sie ihr zerkautes Brot kaum hinunterschlucken konnte. Wieder kroch in ihr das Gefühl hoch, dass irgendetwas nicht stimmte: Mormi war doch nicht böse! Mormi, die Großweberin, war doch diejenige, die sich um das Wohlergehen ganz Aramsis sorgte! Sie war vielleicht streng und stellte das Schicksal des Landes über das des Einzelnen. Aber sie wollte nichts Schlechtes!

Ulrich merkte nichts von Finjas Zweifeln. Er nahm sich eine rosa schimmernde Frucht, biss hinein und fragte: »Und wie können wir sie retten?«

Jetzt wurde die blau gefiederte Frau eifrig. »Ganz einfach. Ihr müsst das Rad der Zeit zurückdrehen. Nicht viel, nur so weit, dass wir alle in der Zeit vor der Gefangennahme Alvairas landen. Dann ist sie frei.«

»Und wo ist das Rad der Zeit?«

»Nicht weit, gleich hier über der Höhle. Wir befinden uns direkt unter dem Felsen von Forcul. Ich hätte es ja selbst schon gedreht, aber für mich ist es leider unmöglich, dorthin zu kommen.«

»Warum?«

»Nun ja, es ist natürlich gut geschützt. Niemand soll daran

drehen. Alle haben Angst, in die Zeit zurückversetzt zu werden, in der es noch keinen Traumstaub gab. Es ist streng verboten, zum Rad der Zeit vorzudringen. Schon Mormis Urururururgroßmutter hat es mit verschiedenen Zaubern geschützt. Aramser können nicht hin, weil eine Schicht traumstaubfreier Luft das Rad der Zeit umgibt, und die Geister, Trugbilder und Dunkelwesen können nicht hin, weil vor dieser Schicht ein Zaubervorhang hängt, der sich für Wesen aus der Unterwelt nicht hebt. Nicht eine Federbreit rührt er sich für sie! Auch wenn sie noch so sehr daran zerren.«

Finja wurde es mulmig. Warum klangen die Worte der Wahrheiterfrau so zornig? Sie musste doch froh sein, dass es einen so guten Schutz vor den Wesen der Unterwelt gab.

»Aber ihr«, fuhr sie nun in schmeichelndem Ton fort, »ihr könnt ohne Weiteres hinein. Beide Hindernisse könnt ihr überwinden.«

Das konnten sie zweifellos. Traumstaubfreie Luft war kein Problem für sie. Menschen brauchten ihn ja nicht zum Atmen, sondern erfreuten sich nur an seinem Glitzern, an diesem prächtigen blauen Geflimmer, das in ganz Aramsi herrschte. In ganz Aramsi . . .

Finja sah sich um. In diesem Raum flimmerte es nicht.

»Wo sind wir hier?«, fragte sie.

»Bei mir zu Hause«, antwortete die Wahrheiterfrau.

»Aber Wahrheiter leben doch in Baumhäusern in Tarf!«

»Ach ja«, antwortete die Frau, »aber dieses ewige Geschaukel in den Bäumen! Wisst ihr, ich bin nicht ganz schwindelfrei, da bin ich umgezogen.«

»Und wo ist der Traumstaub, den du zum Atmen brauchst?«

Kurz blitzten die Augen der Frau hasserfüllt auf. Dann sagte sie mit größter Selbstverständlichkeit: »Na hier, überall. Seht ihr ihn nicht? Hier unten in die Höhle rieselt er in so feinen Körnern hinein, dass man ihn kaum wahrnehmen kann. Aber je feiner die Körner, desto besser die Luft.« Sie atmete tief ein. »Wunderbar, ach, ich liebe den Traumstaub. Natürlich ist er da. Sonst könnte ich ja nicht atmen.« Sie starrte Finja in die Augen. Fest und lange, als wollte sie sagen: »Wage ja nicht, mich herauszufordern!«

Aber in Finja hatten die Zweifel mittlerweile überhandgenommen.

»Lass uns gehen!«, drängte ihr Onkel. »Ich habe genug gegessen, wir können uns ja nachher noch über den Vanillepudding hermachen«, sagte er grinsend zu Finja. »Wenn Alvaira dabei ist.«

Finja wagte nicht, ihren Verdacht laut auszusprechen. Wenn diese Frau sich tatsächlich nur als Wahrheiterin verkleidet hatte, dann war sie mit Sicherheit sehr gefährlich. Und der Rat, den sie ihnen gegeben hatte, bedeutete womöglich etwas sehr Schlimmes. Sie mussten vorsichtig sein.

»Komm, Finja, das klang doch nicht so schwierig.« Ulrich

nahm Finjas Hand und zog sie zum Ausgang. Hinter der Tür sah Finja einen kreisrunden Krater, an dessen Rand eine Wendeltreppe nach oben führte. Ein Krater wie jener, der zu Itzikas Burg führte. . .

Das war doch alles mehr als verdächtig! Und plötzlich hatte Finja auch die richtige Idee, wie sie die Frau überführen konnte. Sie musste sie anlügen. Wenn sie es nicht merkte, dann war sie auch keine Wahrheiterin.

Eine Lüge, schnell! Es musste eine Lüge her, die irgendwie sinnvoll klang! Finja strahlte die Frau an: »Wir werden es mit Vergnügen tun. Ich habe mir schon immer gedacht, dass Mormi eine durch und durch böse Frau ist!«

Sie beobachtete die Frau genau. Die vermeintliche Wahrheiterin lächelte und nickte: »Ja, mein Schätzchen, ich wusste doch, dass wir uns verstehen!« Sie winkte ihnen zu, als Finja und Ulrich die Treppe hochstiegen.

»Die Frau lügt«, flüsterte Finja ihrem Onkel zu. »Wir müssen hier weg!«

»Woher willst du das wissen?«

»Sie lügt. Glaub mir.«

»Und was sollen wir tun? Zurück . . . ?«

Lieber nicht, dachte Finja. Lieber nicht noch mal an ihr vorbei. Sie stieg weiter die Treppe hinauf. Hoffentlich gab es dort oben irgendeinen Weg, auf dem sie fliehen konnten. Noch

besser wäre es, wenn dort Wesen wohnten, die ihnen wirklich halfen! Irgendjemand, der ihnen sagen konnte, was sie tun sollten!
Sie waren oben angekommen. Über dem Krater war ein Netz gespannt. Ein Netz, das Traumstaub abhielt. Damit waren Finjas letzte Zweifel ausgeräumt. Grimmig ergriff sie das Netz, löste es aus seiner Befestigung und schüttelte es kräftig aus, sodass aller Traumstaub in den Krater hineinfiel. Sollte die »Wahrheiterin« doch eine ordentliche Ladung davon in ihre Lungen bekommen, wenn sie den Traumstaub so sehr liebte! Prompt hörte Finja ein Husten. Es kam von einem kleinen Fingerling, der ihnen hinterherkrabbelte. Als Finja sich nach ihm umdrehte, verbarg er sich in einer Mauernische. Sonderbar, dachte Finja. Doch als er nicht mehr auftauchte, folgte sie ihrem Onkel ins Freie.

Es war Nacht. Sternenklare Nacht, durch die feiner Traumstaub wirbelte. Finja atmete auf. Sie hörte Wellenrauschen und sah im Mondlicht ein weites Meer vor sich liegen, dessen dunkle Wellen eigenartig spitz – wie Tausende von Haifischflossen – in die Höhe stachen. Sie drehte sich um und blickte in alle Richtungen. Schlagartig war es mit der Erleichterung vorbei. Forcul schien nicht mehr als ein schroffer Felsen zu sein, der aus diesem stacheligen Meer herausragte. Wie sollten sie da fliehen?

In der Mitte des Felsens stand ein Zelt. Kurz fragte sich Finja, wie es wohl in dem steinharten Boden befestigt war, aber nur sehr kurz. Schließlich wusste sie mittlerweile, dass in Aramsi nicht dieselben Gesetze herrschten wie in der Menschenwelt. Viel drängender war die Frage, was sie jetzt tun sollten.

In dem Zelt musste sich das Rad der Zeit verbergen. Aber dort hineinzugehen und zu tun, was die vermeintliche Wahrheiterfrau ihnen aufgetragen hatte, kam gar nicht infrage. Zurückgehen? Genauso wenig. Aber wohin dann?

Ulrich ging auf das Zelt zu.

»Lass das!«, rief Finja.

»Nur kurz reinschauen, vielleicht hat sie ja doch mit allem recht.«

Finja ärgerte sich furchtbar. Ihr leichtgläubiger Onkel war immer noch keinen Deut vorsichtiger geworden!

Auf einmal sah sie den Fingerling aus dem Krater zum Zelt huschen. Als er dort angekommen war, wollte Ulrich gerade nach dem Vorhang greifen, der den Eingang verbarg.

»Nicht!«, rief Finja. Im selben Moment wurde Ulrich von einer unsichtbaren Kraft zurückgezogen. Auch Finja spürte nun eine Hand, die nach ihr griff und sie wieder in den Krater hinabzog. Nein! Da wollte sie doch nicht hin! Da lauerte doch die Gefahr! Sie wollte sich befreien, doch die Hand schloss sich nur noch fester um ihren Unterarm und zerrte sie die

Wendeltreppe hinab. Finja und Ulrich blieb nichts anderes übrig, als wieder hinunterzustolpern.
Der Fingerling stand oben an der Treppe. »Hiergeblieben!«, schrie er mit einer Stimme, die gar nicht zu einem Fingerling passte. Auf seinen dünnen Beinchen rannte er ihnen hinterher. Aber er hatte keine Chance, sie einzuholen. Derjenige, der Finja und Ulrich zog, war viel, viel schneller. Er bugsierte sie in die gemütliche Kammer mit dem gedeckten Tisch, schlug die Tür zu und schob den Tisch davor. Die Wahrheiterfrau war nirgends zu sehen. Dann wurden Finja und Ulrich in den Aschekreis des Schattenstrudels geschoben.
Unsichtbare Finger schrieben in Windeseile einen Befehl in den Staub. »Nach Spralka«, las Finja, »mit einem Umweg über das nördliche, östliche und westliche Ende Aramsis.«
Schon hoben sich die Wirbel aus Schatten und Staub. Sie drehten sich immer schneller und entfalteten einen mächtigen Sog, der Ulrich, Finja und den Unbekannten in die Erde zog.

13. Im Strudel

Dak, ich bin's«, hörte Finja eine flüsternde Stimme. Sofort öffnete sie die Augen und blickte hoffnungsvoll in alle Richtungen. Sie hätte nicht gedacht, dass man in einem Schattenstrudel überhaupt etwas sehen konnte. Doch im matten Dämmerlicht erkannte sie wirbelnde Asche, sich drehende Schatten und entsetzlich viel Staub. Mal verdeckte das graue Gestöber ihren Onkel Ulrich, dann gab es ihn wieder frei. Mal umhüllte es sein Haar, mal seine Arme. Aber wie auch immer die Schatten sich drehten – außer Ulrich war niemand zu entdecken.

Finja fröstelte.

»Du kannst mich nicht sehen. Ich trage eine Traumstreicherkutte. Aber ich bin hier.«

»Dak?«

»Ich kann die Kapuze nicht abnehmen. Im Schattenstrudel gibt es keinen Traumstaub.«
Es war Daks Stimme.
»Du weißt, ich brauche den Traumstaub zum Atmen.« Eindeutig. Dak. Eine Woge der Erleichterung schwappte durch Finja hindurch. Was für ein Glück . . . Moment mal. Sie war jetzt so oft getäuscht worden, dass sie nicht mehr das Erstbeste glauben würde! In Zukunft würde sie vorsichtig sein.
»Bist du wirklich Dak?«
»Ja, Finja, ich bin's«, sagte die Stimme. Sie klang so vertraut. In Finjas Herz stritt sich die Hoffnung mit dem Zweifel. Wenn es doch Dak wäre!, wünschte sie sich. Und wenn nicht?, schob ihr Verstand sofort hinterher.
»Warum sollte ich dir glauben?«, fragte sie laut. »Es gibt so viele Möglichkeiten in Aramsi, getäuscht zu werden.«
»Ich kann es dir nicht beweisen, Finja. Ich weiß ja selbst nicht mehr, wem ich glauben kann. Alles ist so seltsam geworden.« Seine Stimme klang traurig. Müde und traurig. »Ich bin jetzt im Traumstreicherkloster. Aber ausgerechnet dort habe ich das Gefühl, getäuscht zu werden. Girimko, der Meister, will mich von dir fernhalten, und ich verstehe nicht, warum. Ich weiß nicht mehr, wer gut ist und wer schlecht. Alles ist ins Wanken geraten.«
Genauso empfand Finja auch. Dak sprach ihr aus dem Herzen. Sie nickte stumm.

»Ich hatte gehofft . . .« Dak geriet ins Stocken. »Ich hatte gehofft, dass . . .«
»Was?«
»Dass wenigstens wir beide wissen würden, dass wir uns vertrauen können, sobald wir uns treffen.«
Finja schloss die Augen erneut. Sie ließ Daks Worte in sich nachklingen. Er versuchte ihr nichts zu beweisen wie die Wahrheiterfrau. Er wollte ihr nichts aufzwingen und er drängte sie in keine Richtung. Genau darum traute sie ihm.
»Dak, ich glaube dir.«
Sie lehnte sich ins Nichts. Daks Arme fingen sie auf. Inmitten von grauer Asche und unheimlichen Schatten wusste Finja, dass alles gut werden würde.

Sie hatte später keine Ahnung, ob diese Umarmung Sekunden gedauert hatte oder Stunden.
Doch irgendwann weckte sie Ulrichs Stimme, sie klang angesäuert.
»Eure Turtelei in allen Ehren«, sagte er.
Empörung flammte in Finja auf. Ganz heiß wurde ihr Gesicht. Warum denn Turtelei? Dak und sie waren Freunde. Sehr, sehr gute Freunde, die sich blind vertrauten, da musste ihr Onkel jetzt gar nicht so tun.
»Aber ich würde jetzt schon gern mal wissen, warum du uns von diesem Rad der Zeit weggezogen hast, bevor wir Alvaira

befreien konnten!« Er schaute mit gerunzelter Stirn neben Finja in den grauen Staub – dorthin, wo er Dak vermutete.

»Verehrter Mensch«, begann Dak und Finja musste darüber grinsen, wie ehrerbietig Dak mit ihrem Onkel sprach. Aber wahrscheinlich tat man das so unter Aramsern.

»Ihr habt recht, wir dürfen keine Zeit verlieren. Wir müssen miteinander reden. Hier im Strudel sind wir sicher – unbeobachtet von Girimko. Denn ein Schattenstrudel gehört schon nicht mehr zu Aramsi. Er gehört zu Itzikas Reich und erscheint nicht auf dem Weltenteppich. Wir werden eine lange Fahrt in diesem Strudel machen, aber ewig wird sie nicht dauern. Bis der Strudel uns ausspuckt, müssen wir alles beredet haben.«

Wie? Unbeobachtet von wem? Wurden sie verfolgt? Finja schwirrte der Kopf.

Ulrich aber ließ sich nicht vom Thema abbringen: »Warum hast du uns vom Rad der Zeit weggezerrt?«

»Ja, ist euch denn nicht klar, was passiert wäre?«, rief Dak aus. »Der Fingerling! Die Wahrheiterfrau! Das war doch nichts anderes als eines von Itzikas Trugbildern, die jede beliebige Gestalt annehmen können! Das Trugbild wollte, dass ihr ihm den Vorhang öffnet – damit es bequem zum Rad der Zeit marschieren kann.«

»Warum?«

»Na, das ist es doch, was sie von jeher wollen, die Geister,

Trugbilder und Dunkelwesen. Sie wollen die Zeit zurückdrehen. So weit, dass der Traumstaub wieder aus Aramsi verschwindet und sie die Herrschaft übernehmen können!«
Finja schauderte. Das wäre entsetzlich gewesen! Ulrich war nahe daran gewesen, Aramsi zu vernichten!
Ihr Onkel riss die Augen vor Schreck weit auf. »Ich hätte eure ganze Welt zerstört«, murmelte er mit zitternden Lippen.
Dak beruhigte ihn. »Ganz so schlimm wäre es wohl nicht geworden. Das Trugbild wusste nicht, dass außer den zwei Schutzschichten auch noch unsichtbare Traumstreicher das Rad der Zeit bewachen. Wenn nicht ich euch zurückgehalten hätte, wären sie bestimmt dazwischengegangen. Allerdings wärt ihr dann gefangen genommen worden – wie Alvaira.«
»Du kennst sie?«, stieß Ulrich aufgeregt hervor.
»Nein«, sagte Dak. »Ich kenne sie nicht. Ich weiß nur, dass sie eine Verbrecherin ist. Ich bin gekommen, um euch vor ihr zu warnen.«
Ulrich und Finja schwiegen verwirrt. Eine Verbrecherin? Vor der sie gewarnt werden mussten?
»Nein!«, rief Ulrich empört aus. »Das ist sie nicht! Wie kommt diese Behauptung in die Welt? Was soll sie denn getan haben? Es kann nicht stimmen!«
»Doch, es muss stimmen. Ich wollte es auch nicht glauben, aber jetzt habe ich es gelesen, in einem Buch aus der Klosterbibliothek. Girimko . . .« Daks Stimme verstummte. Es schien

ihm klar zu werden, dass die beiden gar nicht wussten, wer Girimko war. »Ich muss euch so viel erzählen«, sagte er dann. »Ich fange besser von vorne an.« Er erzählte von seinem Ritt auf den mulsanischen Berg und von der mächtigen Stimme. Davon, wie er die Feuerpferde nach Spralka gezwungen hatte und wie Kalini im Sturm verloren gegangen war. Von seiner Ankunft im Kloster. Von seiner Enttäuschung und seinem Misstrauen. Und von dem, was er über Alvaira gelesen hatte.

Finja war tief erschüttert. Aber Ulrich ließ sich von der Erzählung nicht im Mindesten beeindrucken.

»Das kann ich nicht glauben!«, rief er zornig. »Sie kann nicht Aramsis Untergang gewollt haben! Nein, nie und nimmer!« Er blickte ungläubig in die Richtung, aus der Daks Stimme kam. Dann sah er Finja an.

Sie konnte deutlich erkennen, was er dachte. *Das soll der Freund sein, der uns helfen kann? Er muss verrückt sein, wenn er Alvaira für eine Feindin Aramsis hält.*

Finja sagte gar nichts. Sie war völlig verstört und konnte nicht glauben, dass ausgerechnet Dak sich verstecken musste, sie konnte nicht glauben, dass ihr Onkel sich in eine Verräterin verliebt haben sollte. Gleichzeitig war sie sich sicher, dass Dak niemals lügen würde.

»Wahrscheinlich ist sie genauso ausgetrickst worden wie wir!«, rief Ulrich aufgelöst. »Anders kann es nicht sein.«

»Ja«, rief Finja erleichtert. »Genauso muss es gewesen sein!«
»Du vergisst, dass sie eine Traumstreicherin war«, warf Dak ein. »Sie wusste, dass es streng verboten ist, zum Rad der Zeit vorzudringen. Sie wusste, dass es bewacht wird, und sie wusste, dass es die gesamte Unterwelt seit Jahrhunderten auf nichts anderes abgesehen hat, als die Zeit zurückzudrehen.«
Ulrich fiel keine Entgegnung ein. »Trotzdem«, nuschelte er. »Trotzdem. Sie ist keine Feindin Aramsis.«

Finja starrte in die grauen Schleier. Vor ihr bauschte sich eine Staubwolke auf wie ein großer Ballon. Dann fiel alles in sich zusammen und die Körnchen rieselten ziellos umher. Ihr Kopf war leer. Ihr fielen keine neuen Möglichkeiten mehr ein.
»Es muss eine andere Erklärung geben«, meinte sie. »Wir sollten sie selbst fragen.«
»Alvaira?« Daks Stimme klang entsetzt. »Sie ist gefangen. Im schwarzen Turm!«
Das also stimmte. Finja sah zu ihrem Onkel, um herauszufinden, wie er diese Nachricht aufnahm. Sein Gesicht war unbeweglich. Es wirkte wie eine steinerne Maske.
»Was ist das für ein Turm?«, fragte Ulrich schließlich.
»Es ist das schrecklichste Gefängnis Aramsis«, antwortete Dak. »Die Mauern des Turms bestehen aus nichts als Dunkelheit. Aus völlig undurchdringlichem Schwarz. An und für sich ist es kein Problem, durch sie hindurchzuschreiten, aber

tatsächlich findet niemand den Weg durch das Dunkel. Wer es betritt, verliert augenblicklich jede Orientierung. Viele der Gefangenen haben versucht, die Mauern zu durchschreiten. Aber natürlich nimmt man ihnen jede Kerze, jede Lampe ab, bevor man sie einsperrt. Sie alle irren hilflos umher, bis sie verhungern. Man kann ihr Seufzen und Stöhnen hören, wenn man vor den dunklen Mauern steht.«

»Und wenn Alvaira in der Mitte des Turmes geblieben ist? Verhungert sie dort nicht? Ist es dort nicht auch dunkel?«, fragte Ulrich und bemühte sich, ein Schluchzen zu unterdrücken.

»Der Turm ist nach oben hin offen. Im Innern der Mauern ist genug Licht. Und natürlich bekommen die Gefangenen zu essen. Ich weiß aber nicht, ob Alvaira noch in der Mitte des Turmes ein klägliches Gefangenendasein fristet oder ob sie klagend durch die Mauern irrt oder ob . . .«

»Hör auf«, unterbrach ihn Ulrich. »Sprich nicht weiter, ich will es nicht hören.«

Wieder schwiegen alle.

Die grauen Wolken drehten ihre Kreise. Finja sah einen Teil von Ulrichs Gesicht, dann seine Füße. Jetzt tauchte zwischen zwei Nebelschleiern die rechte Hand auf, mit der Ulrich Alvairas Perle umklammerte. Sie sah das leichte Glimmen der Zauberperle. Das reine Licht der Seele Alvairas. Das Licht, mit dem man wahrsagen konnte.

»Dak?«

»Ja.«
»Kannst du Verlenperlen lesen?«
Dak antwortete nicht sofort. Finja hörte, dass sein Atem ein wenig zu flattern begann, er schien nervös zu sein.
»Habt ihr denn welche?«
»Eine.«
»Das müsste reichen.«
»Du weißt, wie man darin liest?«
»Ich habe es noch nie gemacht«, sagte er zögernd. »Aber ich weiß, wie es geht. Also, ich weiß, wie man die Bilder hervorlockt. Man braucht ein zweites Licht, das sich in der Perle spiegeln kann, und muss dann eine Frage stellen.«
»Das klingt nicht besonders schwierig.«
»Ist es auch nicht«, sagte Dak. »Die Schwierigkeit liegt darin, die Bilder richtig zu deuten.« Er sog nachdenklich die Luft ein. »Es gibt in Aramsi eigene Schulen für Verlenperlendeuter. Es ist eine komplizierte Kunst und oft wird davor gewarnt, einfach so Verlenperlen zu deuten. Es gab schon schreckliche Missverständnisse.«
»Warum?«
»Soweit ich gehört habe, liegt es an der Frage. Oft ist sie ungenau gestellt, oder sie hat noch eine zweite Bedeutung, an die der Fragende nicht denkt. Dann versteht er das Bild falsch, das die Perle als Antwort zeigt. Je genauer die Frage ist, desto geringer die Gefahr eines Missverständnisses.«

Finja überlegte. Es schien ihr nicht besonders schwierig, die Frage nach Alvairas Verbrechen genau zu formulieren. Ulrich dachte offenbar dasselbe.
»Dann versuchen wir es«, sagte er entschieden.
»Wir haben kein Licht«, wandte Dak ein.
»Doch«, meinte Finja. »Das Drachenfeuer.«
Sie schob ihre Hand in die Hosentasche. Ulrich hatte in der Zwischenzeit schon sein Lederband gelöst und hielt die Perle in die Mitte zwischen ihre Köpfe.
Dak seufzte. »Aber wenn wir nicht ganz sicher sind, was das Bild bedeuten soll, dann tun wir so, als hätten wir es nie gesehen. In Ordnung?«
Finja und Ulrich nickten.
Dak formulierte vorsichtig die Frage: »Warum ist die Verle Alvaira zum Rad der Zeit gegangen?«
Finja holte die Flamme heraus und öffnete die Faust.
Gleißendes Licht erhellte den Schattenstrudel. Kurz waren die dunklen Wände zu sehen, innerhalb derer sich die Erde drehte. Das Licht fing sich in der Perle. Sie begann zu flackern, helle Punkte huschten durch ihr Inneres, drehten sich im Kreis, tanzten immer schneller, bis schließlich die ganze Perle zu glühen schien. Dann entstand ein Bild.

Es war eine dunkle Halle. Sie glich einer Kirche. Zwei Säulenreihen führten zum Altarraum, der durch eine seltsame Git-

terwand abgetrennt war. Die einzelnen Streben bildeten ein komisches Muster, ohne jede Regelmäßigkeit. Sie bestanden aus Knochen. Kleine Wirbel steckten zwischen irgendwelchen Gelenken. Schenkelknochen waren mit Totenschädeln verkeilt. Und in jedem der Schädel brannte eine Kerze.
Finjas Herz setzte einen Schlag aus. Sie kannte diesen Raum. Sie war dort gewesen. Das war Itzikas Thronsaal. Tief, tief unten in ihrer Burg.
Jetzt sah Finja auch den samtenen Thron und die Dunkelfürstin selbst. Sie war lang und dünn. Ihre Haare hatte sie einer Krone gleich in die Höhe getürmt und blutrot blitzende Edelsteine hineingesteckt. In ihren Augen gab es weder Iris noch Pupille. Sie waren nichts als tiefschwarze Bälle.
Itzika starrte unverwandt ins Leere. Sie schien jemandem zuzuhören. Wem?, fragte sich Finja. Niemand war zu sehen. Doch jetzt hörte auch sie die körperlose Stimme. Eine Stimme, die ihre ganze Beklommenheit hinwegspülte. Sie klang hell und frisch, wie perlendes Wasser. Das musste Alvaira sein! Finja musste sich zusammenreißen, damit sie auf den Inhalt der Worte und nicht nur auf die zauberhaft gurgelnde Melodie achtete.
»Verehrte Dunkelfürstin«, sagte Alvaira. »Ich komme, um Euch ein Ansinnen zu unterbreiten, das uns beiden nützen kann. Nicht nur uns, sondern unseren ganzen Völkern.« Ein kurzes Räuspern unterbrach das sanfte Gurgeln.

Finja stockte der Atem. Alvaira war freiwillig in die unterirdische Burg gegangen! Was konnte so wichtig sein, dass sie das auf sich nahm?
Itzika hingegen lachte nur. Schrill und hoch. Es schmerzte Finja in den Ohren.
Alvairas Stimme klang nun ein wenig verstört. »Ich knie vor Euch nieder, Itzika!« Das Gurgeln wurde zum Flehen. »Nehmt den Fluch von uns, der uns ohne Traumstaub nicht leben lässt!«
Darum! Damit sie bei Ulrich sein konnte. Finja staunte. Dass jemand aus Liebe sogar in Itzikas Burg stieg, schien ihr unbegreiflich.
Itzika lachte noch lauter. »Die schöne Verle will ohne Traumstaub leben! Und was habe ich davon?«
»Ich schenke Euch meine Perlen! Ich schenke sie Euch alle! In ihnen könnt Ihr sehen, dass auch für Euch ein Leben in Frieden möglich wird, wenn Ihr den Fluch von uns nehmt.«
Sie bot ihr die Perlen an! Die Perlen mit dem Licht ihrer Seele! Finja konnte es kaum glauben.
Doch Itzika verzog nur spöttisch die Mundwinkel. Dann strafften sich ihre Gesichtszüge und sie zischte: »Ein Leben in Frieden! Hier unten etwa? Ihr könnt dann überallhin, aber uns kratzt der Traumstaub immer noch im Hals. Nein, nein! Ein Leben in Frieden haben wir erst, wenn dort oben kein Traumstaub mehr herumwirbelt!«

»Es geht auch anders«, sagte Alvaira mit erstickter Stimme. »Ich weiß es! Ich habe es gesehen. Schaut in meinen Perlen nach!«

»In deinen Perlen! Das Licht deiner Seele wird mir den Blick vernebeln! Du willst mich irreführen! Aber ich weiß es besser. Ich sage dir die Lösung: Drehe das Rad der Zeit zurück. Dann verschwindet der Traumstaub, dann verschwindet auch der Fluch. Mit deiner Kutte kannst du sowohl den Stoff des Zeltes anheben als auch durch die traumstaubfreie Schicht wandeln. Drehe es zurück, dann werde ich dir auch deine Bitte erfüllen.«

»Nein!«, schrie Alvaira. »Das werde ich nicht tun!« Doch im selben Moment krochen aus allen Richtungen Geister auf die Stelle zu, an der Alvaira stehen musste. Auch diese Geister kannte Finja nur zu gut. Es waren körperlose Wesen, die wie helle, leuchtende Schatten aussahen. Einzig ihr Gebiss war echt und fest und scharf. Und mit diesen furchterregenden Gebissen näherten sich die Geister nun der unsichtbaren Alvaira. Sie fletschten die Zähne, sie bissen scheinbar ins Leere. Schmerzerfüllte Gurgellaute waren zu hören. Über allem dröhnte Itzikas Lachen. »Dir wird nichts anderes übrig bleiben – dir und deinem Geliebten! Drehe das Rad der Zeit zurück. Sonst . . . sonst lasse ich nicht nur dich zerfleischen, sondern schicke meine Geister auch in eine ganz bestimmte Wohnung in der Menschenwelt!«

»Nein!«, schrie Ulrich. Das Licht in der Perle erlosch.
»So ist das also«, sagte Dak nachdenklich.
»Sie wurde gezwungen! Also ist sie unschuldig!«, rief Ulrich.
»Sie hätte sich weigern können. Sie hätte zumindest versuchen können zu fliehen«, entgegnete Dak. »Von einer Traumstreicherin hätte man erwarten können, dass sie nicht gleich bei der ersten Drohung nachgibt.«
Finja hätte Dak jetzt gerne in die Augen geschaut. Warum war er so streng? Was hätte denn er getan, wenn die Geister ihm schon die Zähne in die Arme gruben?, dachte sie trotzig. Doch im selben Moment wurde ihr klar, was Dak getan hätte: Er hätte sich geweigert.
»Sie hat Itzikas Befehl ausgeführt. Sie hat sich ihr unterworfen. Sie ist eine Feindin Aramsis«, sagte Dak.
Alle schwiegen.
Es war ein unversöhnliches, gespanntes Schweigen. Finja spürte, wie Dak und Ulrich sich gegenseitig verabscheuten, und es zerriss sie beinahe.

»Hast du denn gar kein Mitleid mit Alvaira?«, fragte Finja schließlich.
»Mitleid?«, wies Dak die Frage empört zurück. »Sie hätte auch mein Leben ungeschehen gemacht. Warum soll ich Mitleid mit ihr haben?«
»Sie wollte eigentlich ganz Aramsi von dem Fluch befreien!«

»Trotzdem«, murrte er.
Finja schüttelte den Kopf. Es war fast nichts geblieben von ihrer Bewunderung für Daks Tapferkeit und seine hohen moralischen Grundsätze. Manchmal gab es eben Ausnahmen, verstand er das nicht?
»Und was ist mit dir?«, rief sie aufgebracht. »Was für eine Strafe verdienst du dafür, dass du ein Feuerfohlen alleingelassen hast?«
Dak antwortete nicht. Aber Finja spürte, dass ihre Frage ihn getroffen hatte. Es arbeitete in ihm. Würde ihn das vielleicht dazu bringen, Verständnis für Alvaira zu haben? Finja hoffte es.
Doch bevor sie eine Antwort von Dak bekam, meldete sich Ulrich zu Wort.
»Wo ist der schwarze Turm?«, fragte er.
Finja sah ihn entsetzt an. Wollte er etwa versuchen, durch die dunklen Wände in das Gefängnis zu gelangen?
»Er steht mitten im Totengarten, einer schwarzen Felswüste. Sie befindet sich im äußersten Süden Aramsis vor der Küste des dornigen Meers, in dem auch Forcul liegt«, antwortete Dak.
»Wie komme ich dorthin?«
»Du musst . . .«
Finja unterbrach ihn. »Willst du sie etwa alleine befreien?«, herrschte sie ihren Onkel an.

»Natürlich! Sie sitzt unschuldig in einem fürchterlichen Gefängnis!«

»Das kannst du nicht schaffen!« Finja begann verzweifelt, auf ihren Onkel einzureden. »Das können wir auch zusammen nicht schaffen. Wie soll uns das gelingen? Jedes aramsische Wesen ist gegen uns. Alle halten Alvaira für eine Verbrecherin. Die dunklen Mauern sind undurchdringlich.«

Ihr Onkel schwieg.

In Finja pochten Wut und Verzweiflung. War Ulrich denn jetzt völlig durchgedreht? Konnte nur noch sie selbst vernünftig denken?

Doch da hörte sie Daks Stimme. Er hatte sich von Finjas Worten überzeugen lassen und schien entschlossen, ihnen zu helfen. »Für uns sind die Mauern undurchdringlich«, murmelte er. »Aber ich weiß, wer uns in den schwarzen Turm bringen kann.«

14. Der Dank der Feuerpferde

Es war früher Morgen. Girimko stand im Kuppelsaal, auf seinem Gesicht lag ein kleines Lächeln. Er blickte zufrieden in den Weltenteppich. Er sah das Menschen-Mädchen, das im Land der Wasserfälle am Fuße eines der zerstörten Berge schlief. Den Kopf hatte es auf die Beine des Mannes gelegt, der ebenfalls in tiefem Schlaf lag. Die Kleidung der beiden war zerrissen und schmutzig. Sie schienen Fürchterliches durchgemacht zu haben. Girimko seufzte behaglich. Diese zwei würden ihm so bald keinen Ärger mehr machen. Er hatte die Sache ohne Säbelsinger gelöst. Ganz in Mormis Sinne.

Und Dak hatte er von der rechten Sache überzeugt. An der Wahrheit dessen, was in dem Buch beschrieben war, würde er ja wohl nicht zweifeln. Denn Wahrheiter hin oder her, Treue, Ehre und dieser ganze Klimbim, den das blau gefie-

derte Volk so schätzte, hin oder her – letztlich war Dak doch ein Aramser und würde bald ein Traumstreicher sein. Er wusste, auf welche Seite er gehörte. Girimko lächelte. Heute Abend, wenn er zu Dak ging, um ihn im Traumstreichen zu unterrichten, würde sich der Junge sicher bei ihm entschuldigen. Anders konnte es gar nicht sein.
Girimko drehte sich um, verließ den Kuppelsaal und stieg in sein Arbeitszimmer hinauf.
Das war gut so. Denn das Bild, das sich ihm geboten hätte, wenn er etwas später den Weltenteppich studiert hätte, wäre für ihn weit weniger beruhigend gewesen: Er hätte galoppierende Feuerpferde gesehen. Eine ganze Herde galoppierender Feuerpferde. Und auf zweien davon das Mädchen und den Mann.

Finja war schon einmal auf einem Feuerpferd geritten. Das heißt, sie hatte hinter Dak auf Kleifs Rücken gesessen. Ein Feuerpferd selber zu reiten war unsagbar schwer. Denn weder die Flammen der Mähne noch die des Schweifs durften einen berühren, während man dem wilden, starken Tier seinen Willen aufzwang.
Etwas anderes war es, wenn ein Feuerpferd selbst beschloss, jemanden zu tragen. Das kam unglaublich selten vor. Aber wenn, dann war es für denjenigen unvergesslich schön. Finja und Ulrich erlebten es jetzt.

Nachdem der Schattenstrudel Finja, Dak und Ulrich wieder ausgespuckt hatte, waren sie zuallererst zu Kalini geklettert. Das Fohlen hatte in einem geschützten Winkel am Wegrand auf sie gewartet und sie mit überschwänglichem Wiehern begrüßt. Nach dem glücklichen Wiedersehen waren alle am Fuß des Berges in tiefen Schlaf gefallen. Irgendwann war es dem Fohlen zu langweilig geworden und es hatte mit seinen weichen Nüstern erst Ulrich und dann Finja geweckt. Für den unsichtbaren Dak hatte es dreimal laut gewiehert.

Dann waren sie alle gemeinsam ins Tal der Feuerpferde marschiert. Kalinis ganze Herde war ihnen entgegengesprengt.

Die Feuerpferde waren so voller Dankbarkeit gewesen, als sie Kalini gesund wiederbekamen, dass sie Finja und Ulrich jeden Wunsch erfüllt hätten. Sie in den schwarzen Turm zu tragen, war eine Selbstverständlichkeit. Dak, der unsichtbare Dak, gab auf seinem Feuerpferd die Richtung vor.

Nun galoppierten sie schon den ganzen Tag durch die verschiedensten aramsischen Gegenden. Immer nach Süden. Der schwarze Turm war schwer zu erreichen. Er stellte die Mitte des Totengartens dar, der aus nichts bestand als flachem schwarzem Fels.

Am Abend hatten sie die traurige Landschaft endlich erreicht. Doch bis zum schwarzen Turm war es immer noch ein weiter Weg.

Girimko sah aus dem Fenster. Die Sonne stand knapp über dem Horizont, Zeit für Daks Unterricht. Girimko erhob sich von seinem Schreibtisch, seufzte und stützte sich auf seinen Stock. Hoffentlich war der Wahrheiterjunge jetzt nicht mehr so störrisch. Er wollte ihm schließlich nichts Böses. Er musste nur als Traumstreichermeister für eine gewisse Ordnung sorgen.

Dass die jungen Leute immer so schnell protestierten! Warum konnten sie nicht einfach dem Alter und der Erfahrung vertrauen?

Girimko seufzte ein weiteres Mal, dann machte er sich daran, die Stufen hinabzusteigen. Vor Daks Zelle blieb er kurz stehen und lauschte. Es war vollkommen still. Girimko war zufrieden. So sollte es sein. Die Novizen sollten sich still und fleißig in ihre Bücher versenken. Er würde freundlich zu dem Jungen sein.

Girimko öffnete die Tür. Einen Moment lang begriff er nicht, was er sah. Die Zelle war leer. Dak war weg. Wie das?

Der Traumstreichermeister rannte hinunter zum Weltenteppich. Er sah sie sofort. Eine Feuerpferdherde, die über die schwarzen Felsen des Totengartens in Richtung des schwarzen Turms galoppierte. Er sah das Mädchen und den Mann. Und er musste nicht lange überlegen, wer auf dem scheinbar herrenlosen Pferd in ihrer Mitte ritt.

15. Der leuchtende Turm

Die Silhouette des schwarzen Turms tauchte im Licht der aufgehenden Sonne auf. Finja wurde es kalt ums Herz, als sie ihn nur ansah. Und die Kälte nahm zu, je näher sie dem Turm kamen.

Er war mächtig. So groß und so breit wie eine Stadt. Finja hörte die Klageschreie. Seufzen, Stöhnen, Ächzen und Jammern. Die entsetzlichsten Laute dröhnten über den schroffen schwarzen Fels des Totengartens, als wollten sie jeden verscheuchen, der es wagte, sich in die Nähe des Turms zu begeben.

In unbeschreiblicher Geschwindigkeit jagten sie auf die dunkle Mauer zu. Finja sah schon keinen Horizont mehr, sondern nur noch die schwarze Wand. Gleich würden sie hineinprallen, es war unmöglich, die galoppierende Herde vorher zu stoppen.

Finja wollte Dak fragen, was sie nun tun sollten. Aber Dak hatte ihr eingeschärft, sie nicht anzusprechen, falls Girimko in den Weltenteppich blickte und mithörte. Aber sie musste! Fieberhaft dachte sie nach. Wenn etwas anderes ihre Frage übertönte? Ob das ginge? »Mein Feuerpferd«, flüsterte sie in das spitze Ohr vor sich, »wiehere laut!« Tatsächlich. Das Feuerpferd hatte sie verstanden und brach in lautes Wiehern aus.
»Dak«, rief Finja gleichzeitig. »Was sollen wir tun?«
»Reite weiter!«, sagte er. »Hab keine Angst, reite immer weiter!«
Kein Aufprall, kein Knall, kein Schmerz. An nichts war zu merken, dass sie den Rand der Mauer durchbrochen hatten. Nur an dem neuen Licht. An dem Feuerschein der Pferde, der einen Tunnel aus Helligkeit in die schwarzen Mauern grub.
Es war ein fürchterlicher Anblick, der sich im Innern der Mauern bot. Skelette lagen auf dem Boden, Totenschädel, Knochen, Kleidungsstücke – grausige Zeugen der vormals undurchdringlichen Dunkelheit. Finja zwang sich, immer geradeaus und niemals auf den Boden zu sehen.
Das Trommeln der Hufe wurde von ihrem Herzschlag übertönt. Sie preschte immer weiter, atemlos. Bis plötzlich das scheinbar herrenlose Pferd vor ihr anhielt.
Sie hatten die Mauer durchquert. Das Licht war trüb, aber Finja konnte einen großen, kreisrunden Raum erkennen.

Er war scheußlich. Der Boden bestand aus schwarzem Fels, die Wände aus Dunkelheit, ohne jede Abwechslung für das Auge. Nach oben hin verjüngten sich die Mauern wie ein enger werdendes Rohr. Wie ein riesiger Schornstein, der den Ruß hoch über die Wolken blies. Nur in unendlich weiter Ferne war ein sehr kleiner Kreis Morgenlicht zu sehen. Weiter weg als der Mond, dachte Finja.

Im Turm erhob sich ein wildes Geheul. Hässliche, kreischende Stimmen mischten sich mit drohendem Grollen und wütendem Geschrei. Elende Wesen stürmten aus allen Richtungen auf die Reiter zu. Es waren schaurige Gestalten, die schlimme Verbrechen begangen hatten. Dak dachte an das Buch, das er vorgestern Abend so hastig durchgeblättert hatte. Hier saßen sie alle: die Wisperbestie, die Mormis Webstuhl hatte anzünden wollen. Der Schaudervogel, der geplant hatte, die Türme des Traumstreicherklosters zum Einsturz zu bringen. Das Fledervieh, das das Wasser der Golvina zu vergiften versucht hatte.

Diese furchterregenden Geschöpfe rannten auf sie zu. Das vorderste streckte scharfe Krallen aus und ließ seine gelben Augen kreisen. »Ein Tunnel aus Licht!«, rief es und drängte sich an ihnen vorbei. »Wir sind frei!« Es fletschte seine langen Zähne und rannte in den Lichtschein hinein. Doch kaum war es an der Mauer angelangt, erfassten es die Schweifflammen eines Feuerpferdes. Die verfilzten Zotteln seines Fells begannen zu brennen. Es warf sich nach hinten und wälzte sich schreiend auf dem Felsboden, bis es ihm gelungen war, alle Flammen zu löschen. Die anderen Gefangenen blieben wie erstarrt stehen. Sie wichen zurück. Hier bot sich kein Ausgang, das hatte der Ausbruchsversuch ihnen klargemacht: Die Feuerpferde waren genauso mächtige Wächter wie die Mauern aus Dunkelheit.

Finja und Ulrich sprangen von ihren Pferden und blickten sich um. Abseits von all der Aufregung, als sei sie unberührbar, saß mit traurigen, leeren Augen eine wunderschöne Verle. Um ihren Hals lag eine makellose Reihe funkelnder Perlen, nur rechts über dem Schlüsselbein klaffte eine bonbongroße Lücke. Ihre hellblauen Haare umgaben sie wie ein edler Seidenumhang. Das grobe graue Gefangenenhemd darunter sah man kaum. Über ihre Wangen liefen Tränen, die sie mit Daumen und Zeigefinger auffing und zu Perlen formte. Ein ganzer Berg davon lag schon in ihrem Schoß. Perlen ohne jede Zauberkraft. Perlen, die kein bisschen funkelten, sondern sich matt und glanzlos im Dämmerlicht türmten. Das Gesicht der Verle war ebenmäßig und weiß, und während ihre Finger Tränenperlen formten, waren ihre großen Augen auf den kleinen hellen Fleck am oberen Ende des Turms gerichtet. Von dem Tumult um sie herum schien sie nichts mitzubekommen.

»Alvaira!«, rief Ulrich. Die Verle senkte ihren Blick. Es war wie ein silberner Blitz, wie ein überirdischer Glockenschlag. Der glückliche Schein ihrer Augen übertraf mit einem Mal das Licht der flammenden Mähnen. Er erfüllte den schwarzen Turm und drängte das Dämmerlicht zurück.
Alvaira erhob sich. Sie ging auf Finja und Ulrich zu.
Die Wisperbestie und alle ihre Mitgefangenen wichen zurück. Ein Gang öffnete sich für Alvaira. Die Feuerpferde zogen ihre Flammen ein, damit sie völlig unberührt bis zu Ulrich schreiten konnte. Ulrich nahm Alvaira in den Arm. Es war, als träfen sich ein König und eine Königin.

Selbst die niederträchtigsten Geschöpfe Aramsis verneigten sich und schwiegen ergriffen. Beim Anblick dieses Paares vergaßen sie ihre dunklen Pläne, ihre Rachegelüste und Raubgedanken. Sie spürten, dass da etwas war, das viel mehr bedeutete als all ihre Hoffnungen auf schnellen Reichtum und Macht. Und das verwirrte sie zutiefst.
Es war ausgerechnet Dak, der den erhabenen Moment zerstörte.
»Warum hast du Itzika gehorcht? Warum hast du nicht gekämpft?«, fragte er vorwurfsvoll.
Alvaira löste sich aus der Umarmung. Überrascht schaute sie zu dem scheinbar herrenlosen Feuerpferd. »Wer spricht mit mir?«, gurgelte ihre Stimme.

Finja erschauerte. So direkt neben ihrem Ohr hörte sich Alvairas Stimme noch mal so schön an!

»Ich bin es, Dak, vom Stamm der Wahrheiter. Novize im Kloster der Traumstreicher. Und ich frage dich: Warum hast du Itzika gehorcht?«

»Ich habe ihr nicht gehorcht«, antwortete Alvaira mit einer Stimme, die so ruhig und unerschütterlich dahinfloss wie die Golvina um Zatran. »Niemals hätte ich der Dunkelfürstin gehorcht. Niemals! Eher hätte ich mich von den Geistern zerfleischen lassen.«

»Aber du bist auf ihren Befehl hin zum Rad der Zeit vorgedrungen und wolltest es drehen! Wir haben es in deiner Perle gesehen.«

»Itzika sollte glauben, dass ich gehorche. Tatsächlich hatte ich etwas ganz anderes vor.«

»Was denn?«

»Ich wollte das Rad nur ein ganz kleines bisschen zurückdrehen. Nur so weit, dass ich noch nicht zu Itzika hinabgestiegen wäre – und dann hätte ich natürlich alles anders gemacht.«

»Und warum ist es nicht so gekommen?«, fragte Ulrich.

»Itzika ist nicht dumm. Wahrscheinlich hat sie mir nicht einen Moment geglaubt. Sie hat mich nur dazu benutzt, einem ihrer Trugbilder das Zelt zu öffnen. Als Fingerling ist es mit mir hineingeschlüpft. Als ich das Rad ganz vorsichtig um Haaresbreite drehen wollte, stand plötzlich ein mächtiges

Fledervieh mit mir im Zelt. Wie eine geflügelte Ratte sah es aus und wollte mir mit seinen Menschenarmen das Rad aus der Hand reißen.«

Finja entfuhr ein kleiner Schrei. Das war derselbe Trick! Itzika hatte mit Alvaira dasselbe geplant wie mit ihnen.

»Natürlich war mir sofort klar, dass es ein Trugbild sein musste. Und ich wusste auch, dass ich keine Chance gegen es haben würde. Was sollte ich tun, wenn ich Aramsi nicht dem Untergang preisgeben wollte? Es blieb nur eines: Ich musste mich selbst ausliefern. Ich wusste ja von den unsichtbaren Wächtern. Ich schlug Alarm, die Traumstreicher liefen herbei. Das Trugbild flüchtete ungesehen als Fingerling – und ich wurde gefangen genommen.«

Finja sah Alvaira staunend an. Diese Frau war nicht nur für Ulrich in die Unterwelt hinabgestiegen, sie hatte sich auch freiwillig in diesen Turm sperren lassen, damit Aramsi weiterleben konnte. Das war unglaublich. Ulrich hatte recht, wenn er sie um jeden Preis befreien wollte. Finja sah triumphierend in Daks Richtung. Jetzt musste er doch einsehen, dass seine Zweifel völlig unberechtigt waren.

Doch Dak war noch immer nicht überzeugt. »Warum bist du überhaupt zu Itzika hinabgestiegen? Wie konntest du diese Gefahr für uns alle heraufbeschwören?«

Alvaira sah ernst in seine Richtung. Sie nickte. Sie wirkte

schuldbewusst. »Das war ein großer Fehler. Unverzeihlich. Gerade für eine Verle.« Sie schwieg. Dann tröpfelte ihre Stimme zaghaft hervor. »Ich hatte einen Traum. Eine Idee, wie Itzika versöhnt werden könnte, und die Hoffnung, dass sie dann den Fluch von uns nehmen würde. Ich fragte meine Perlen, wie ich Itzika meinen Plan erfolgreich unterbreiten könnte. Die Perlen zeigten mir als Antwort ein Bild. Ich sah Itzikas Thronsaal und ich hörte, wie ich ihr die Perlen anbot.«
Alvaira schwieg. Sie schüttelte den Kopf wie über die Dummheiten eines Kindes. »Ich muss das Bild falsch gedeutet haben. Wie dumm! Ich hätte doch wissen müssen, wie vorsichtig man mit Verlenperlen sein muss. Aber mein Wunsch, endlich in traumstaubfreier Luft atmen zu können, war so groß, dass ich jede Vorsicht vergaß.«
Dak, Ulrich und Finja schwiegen. Alvaira hatte es nicht nur für sich getan. Sondern für ganz Aramsi. Sie hätte das Licht ihrer Seele geopfert, damit der Fluch von den Aramsern genommen würde.
Jetzt hörte auch Dak auf mit seinem scharfen Verhör. Stattdessen fragte er leise: »Warum hast du das nicht Girimko erklärt?«
Alvaira sah plötzlich sehr betrübt aus. »Ich habe es versucht. Aber Girimko ist immer in solcher Sorge um den Traumstaub, dass er den kleinsten Verstoß gegen die Regeln mit den schlimmsten Strafen rächen will. Er ist sicher kein böser

Mann, aber sein Eifer, den Traumstaub zu schützen, macht ihn zum engstirnigen Tyrannen. Er fand alles albern und unglaubwürdig, was ich hervorbrachte. Er hat es für eine Ausrede gehalten.« Kurz schwieg sie. »Und das wird er auch weiterhin tun.« Was das bedeutete, war allen dreien klar: Auch wenn sie Alvaira befreiten, so würde sie doch eine Verfolgte in Aramsi bleiben.

In Finja wuchs die Verzweiflung. Das durfte doch nicht wahr sein! Es konnte doch nicht sein, dass Alvaira unschuldig in diesem schrecklichen Turm sitzen musste! Sie mussten sie entführen, in die Menschenwelt fliehen und dann . . . Aber das ging alles nicht. Alvaira hatte keine Kutte mehr. Sie würde in der Menschenwelt nicht atmen können. Außerdem würde Girimko ihre Flucht über den Weltenteppich verfolgen können! Es war zum Verzweifeln!

»Wie können wir dir helfen?«, fragte Finja.

»Ich weiß es nicht«, sagte Alvaira.

16. Der unsichtbare Reiter

Der Meister der Traumstreicher stand vor dem Turm und staunte. Die dunklen Wände leuchteten flackernd. Es sah unglaublich aus. Herrlich. Doch er riss sich zusammen. Er hatte sich angewöhnt, nicht auf solche Nebensächlichkeiten zu achten. Sicher, der leuchtende Turm war schön. Aber was hieß das schon – »schön«? Er musste sich konzentrieren. Er musste die Verle fangen. Sie durfte nicht auf freien Fuß gelangen.

Nervös drehte er sich um. Wo blieben seine Helfer? Die Säbelsinger, die die Verle ergreifen sollten?

Natürlich war er in seiner Traumstreicherkutte schneller als sie. Aber jetzt mussten seine Kämpfer doch auch bald eintreffen!

Er hatte sich so beeilt. Er hatte nicht einmal mehr Mormi gefragt, ob er die Säbelsinger einsetzen durfte. Aber er war sich

sicher: In diesem Fall hätte es die Großweberin erlaubt. Wie sollte er sonst die gefährliche Verle gefangen nehmen?
Das Flackern wurde stärker. Die Mauern des Turms schienen zu glühen. Es schmerzte Girimko in den Augen. Schattenschleicher mochten kein helles Licht. In der Dämmerung sahen sie weit und scharf, aber je heller es wurde, desto mehr stach es sie in den Augen. Trotzdem zwang sich Girimko, seinen Blick auf die Turmmauern gerichtet zu halten. Jetzt löste sich der erste Kopf eines Feuerpferdes daraus. Es galoppierte an ihm vorbei, gefolgt von hundert weiteren Feuerpferden. Zwei davon trugen Reiter.
Girimko erkannte das Mädchen, das mit fliegenden dunklen Haaren an ihm vorbeisprengte, und den weißhaarigen Mann. In der Mitte der beiden galoppierte ein herrenloses Pferd. Doch Girimko ließ sich nicht täuschen. Er wusste, auf diesem Pferd saß Dak.
Aber wo war Alvaira? Hatten sie die Verle etwa nicht gefunden? Oder . . . hatten sie sie im Turm gelassen? Was hatte das zu bedeuten? Girimko schüttelte den Kopf. Die beiden Menschen hatten doch Alvaira befreien wollen. Das war schließlich der Grund des ganzen Ärgernisses.
Eine schrecklicher Gedanke durchzuckte ihn. Was, wenn die Verle längst selbst ausgebrochen war? Er wusste nicht weiter. Sollte er nachsehen? Ohne Licht würde er nicht durch die dunklen Mauern finden. Er musste zurück und in den Wel-

tenteppich sehen. Auch mit Traumstreicherschritten würde er dazu den ganzen Tag brauchen.
Da begann der Turm von Neuem zu flackern und zu glühen. Das Licht kam dieses Mal von der anderen Seite. Girimko rannte um die dunklen Mauern herum und sah gerade noch rechtzeitig, wie auch hier ein Feuerpferd aus der Mauer stürmte. Es war ein einziges Tier, und es trug einen Reiter: Dak.
Dak? War er nicht in der Mitte . . .? Und wieso hatte er seine Kapuze nicht . . .? Er trug ja gar keine Kutte mehr! Sondern das Hemd eines Gefangenen! Jetzt wurde Girimko alles klar. Die Verle war gerade eben entkommen. Versteckt unter Daks Traumstreicherkutte. Er drehte sich um und sah in weiter Ferne die flammenden Mähnen der davonrasenden Feuerpferde. Da verschwand sie. Alvaira, die Feindin Aramsis.
Girimko stampfte vor Wut auf den Boden. Doch er wäre nicht der Traumstreichermeister gewesen, hätte er jetzt schon aufgegeben.
Er sah sich um. Von den Säbelsingern noch immer keine Spur. Daks Feuerpferd leuchtete weit im Westen. Girimko war alleine auf dem schwarzen Fels des Totengartens. Er konnte sich zwar nicht in seine Zelle einschließen wie im Kloster, aber hier würde ihn ohnehin niemand stören. Er setzte sich auf den schwarzen Boden. Dann wandte er seine

Augen nach innen und begann tonlos zu flüstern: »Kehr um! Kehr sofort um!«

Finja bemerkte zuerst, dass das Feuerpferd neben ihr unruhig wurde. »Was ist los?«, rief sie der unsichtbaren Alvaira zu.
»Ich muss zurück!«, war die befremdliche Antwort.
»Was?« Finja verlor vor Schreck das Gleichgewicht. Sie musste sich am Hals ihres Feuerpferdes festklammern und verbrannte sich dabei den kleinen Finger. »Aua!«
»Ich muss zurück. Sofort!« Das Gurgeln der Stimme hörte sich seltsam an. Nicht so frisch und sprudelnd wie sonst, sondern metallisch und seelenlos.
»Aber warum denn?«, rief jetzt Ulrich besorgt. »Geht es dir nicht gut?«
»Ich muss zurück!«, war Alvairas einzige Antwort. »Dieses Pferd gehorcht mir nicht! Es soll wenden.«
Finja verstand nicht, was das alles bedeuten sollte. Alvaira war doch mit dem Plan einverstanden gewesen! Dak hatte die Idee gehabt, die Kleider zu tauschen. So konnte Alvaira mit Daks Kutte in die Menschenwelt fliehen. Natürlich würde sie die Kapuze dort nie abnehmen können. Aber sie wäre in Sicherheit. Und bei Ulrich. Das war sehr viel mehr, als sie eigentlich noch von ihrem Leben erhofft hatte.
Eines der widerlichen Wesen im Turm hatte ihnen sogar ver-

raten, wo der nächste Übergang in die Menschenwelt war. Nicht etwa, weil er Ulrich, Finja und Alvaira helfen wollte, sondern weil er so Girimko ärgern konnte.
Sie mussten ein windschiefes Gartentor erreichen, das am südlichen Ende des Totengartens ohne ersichtlichen Zweck einfach nur in der Landschaft stand. Weit konnte es nicht mehr sein. Warum wollte Alvaira jetzt umkehren? So kurz vor dem Ziel?
»Wie kann ich das Pferd wenden?«, ertönte die seelenlose Stimme erneut.
Finja hatte keine Ahnung. Die Feuerpferde trugen sie ja aus Dankbarkeit und nicht, weil irgendjemand von ihnen sie reiten konnte. Sie waren dem Willen der Feuerpferde ausgeliefert und nicht umgekehrt.
»Es soll mich absteigen lassen!«
»Warum?«, riefen Finja und Ulrich gleichzeitig. »Warum?«
Doch darauf antwortete Alvaira nicht.
»Ich werde springen«, sagte sie. »Und dann zu Fuß zurückkehren.«
Finja sah nervös zu Alvairas Pferd hinüber. Es galoppierte weiter, als sei nichts geschehen. War das gut so? Würde sich Alvaira dadurch von dem wagemutigen Sprung abhalten lassen? Oder hieß es, dass sie sich alle Knochen brechen würde?
Finja blickte wieder geradeaus. Da entdeckte sie das Garten-

tor! Schief hing es in seiner Verankerung und drehte sich quietschend mal nach links, mal nach rechts.
»Der Übergang!«, rief sie. »Siehst du ihn, Alvaira? Gleich sind wir da!«
»Ich springe jetzt!«, war die Antwort.

Girimko spürte, dass er tief in die Gedanken Alvairas eingedrungen war. Er sprach zu ihr und er wusste, dass sie jeden seiner Befehle bedingungslos annahm. Und doch war da ein seltsamer Widerstand.
Alvaira wollte umdrehen, das wusste er, aber warum . . . ?
Plötzlich verstand er. Das Pferd! Sie konnte das Pferd nicht wenden! Er kroch noch weiter in sie hinein. Alles um sich herum hatte er vergessen. Er war nur noch Stimme in Alvairas Kopf. »Spring!«, befahl er jetzt. »Sofort!«
Ein seltsames Geräusch störte ihn in seiner Konzentration. Aber er durfte jetzt nicht loslassen: »Spring ab und komm zum schwarzen Turm! Komm . . .« Wieder dieses Geräusch. Er schüttelte den Kopf, um es loszuwerden. Er setzte von Neuem an. »Spring! Jetzt . . .«
Doch er sprach ins Leere. Ihn schwindelte. Gewaltsam wurde er aus Alvairas Gedanken herausgezogen. Es war der ohrenbetäubende Lärm von scheppernden Säbelklingen, der ihn aus seiner Trance riss. Benommen öffnete er die Augen. Säbelsinger umringten ihn.

Girimko brauchte eine Weile, bis er begriff. Das waren seine Kämpfer, die er hierher befohlen hatte. Ihm war klar, dass er verloren hatte. Müde sah er die säbelrasselnden Wesen an. Er hob die Hand und deutete nach Süden. »Die Verle Alvaira ist geflohen. Folgt ihr in diese Richtung.« Er sah zu, wie sich die Truppe in Bewegung setzte. Sie brüllten furchterregend und ließen die Klingen ihrer Waffen gefährlich in der Luft blitzen. Aber Girimko wusste, dass sie die Verle nicht mehr erreichen würden.

17. Auf dem Gipfel

Auf dem Tisch in der oberen ihrer beiden Wohnungen stand eine große, dampfende Schüssel Spaghetti und in der Küche wartete eine ebenso große Schüssel Vanillepudding. Für die Erwachsenen hatte Werner Kordelius eine Flasche Wein geöffnet. Eigentlich konnte das Wiedersehens-Festessen beginnen. Aber die beiden Hauptpersonen ließen auf sich warten. Sie schliefen. In einer sehr ungewöhnlichen Haltung: Sie saßen beide je an einem Rand des Sofas und lehnten sich in die Mitte, als wäre dort ein Mensch, auf dessen Schultern sie ihre Köpfe gelegt hatten. »Soll ich sie wecken?« Werner Kordelius sah seine Frau fragend an.

»Nein«, meinte seine Frau Susanna, »lass sie schlafen. Sie sehen aus, als träumten sie von etwas sehr, sehr Schönem.« Sie lächelte versonnen. »Ich würde gerne wissen, was es ist.«

Es war ein Berg, von dem Finja und ihr Onkel träumten, während Alvaira ihnen durch die Haare strich. Ein großer, mächtiger Berg, der an ein wachsames Tier erinnerte. Sein Rücken war bedeckt mit bläulichem Moos. Leises Zischen ertönte, als die glühenden Hufe eines Feuerpferdes sich in den feuchten Boden drückten. Das Pferd galoppierte in atemberaubender Geschwindigkeit den Berg hinauf. Der blau gefiederte Junge auf seinem Rücken stieß einen Glücksschrei aus.

Dak war froh, dass er Alvaira die Kutte gegeben hatte. Er konnte jetzt nicht mehr Traumstreicher werden – das stimmte. Aber er wollte es auch nicht mehr. Dieses stille Leben hinter den Klostermauern, die Regeln, der Gehorsam – das war nichts für ihn. Ihn lockten die Abenteuer. Er wollte die höchsten Berge bezwingen, Höhlen erforschen, Drachen zähmen. Dak lächelte vor sich hin. Natürlich hatte er sich auch deswegen so entschieden, weil er sein Verhalten wiedergutmachen wollte. Weil es ihm leidtat, dass er Alvaira verdächtigt hatte, und weil ihn das schlechte Gewissen gegenüber Kalini schier aufgefressen hatte. Aber – und jetzt wurde sein Lächeln noch eine Spur spitzbübischer – er hatte auch deswegen vorgeschlagen, das Kleid mit Alvaira zu tauschen, weil er eine unbändige Lust hatte, dem zwielichtigen Traumstreichermeister davonzureiten und endlich den Gipfel des mulsanischen Berges zu erreichen.

Er blickte nach vorn. Er erkannte die Stelle, an der er beim letzten Mal hatte umdrehen müssen. Jetzt galoppierte sein Pferd darüber hinweg. Dak jubelte.
Jetzt hatte er den Gipfel erreicht. Er sprang ab. Mit verklärtem Lächeln sah er über das Land. Vor ihm breitete sich ganz Aramsi aus. Er konnte vom zerstörten Land der Wasserfälle über das Tal der Feuerpferde bis zu den zwei Hügeln von Zatran sehen, vom schwarzen Turm im Totengarten bis zum Felsen von Forcul. Dak staunte.
Da lief ein Zittern durch den Berg. Ein Raunen erhob sich. Ein vielstimmiges Flüstern, von dem Dak nicht klar war, ob es aus dem Berg kam oder aus den Wolken, die den Gipfel umkreisten. Aber die Worte waren gut zu verstehen: »Nenne deinen Wunsch!«
Dak öffnete die Lippen. »Girimko soll mich nicht finden!«, rief er.

Finja ließ die Augen noch eine Weile geschlossen. Daks Plan war aufgegangen: Sie hatten sich mit Alvaira in die Menschenwelt gerettet und er hatte es auf den mulsanischen Berg geschafft. Sie waren alle in Sicherheit.
Finja öffnete die Augen. Sie sah in die lächelnden Gesichter ihrer Eltern. Dann entdeckte sie dahinter den gedeckten Tisch.
»Wir müssen sofort essen!«, rief sie.
Und das taten sie auch.